Poems to Learn by Heart

CAROLINE KENNEDY

Poems to Learn by Heart

キャロライン・ケネディが選ぶ「心に咲く名詩115」

キャロライン・ケネディ 編　柳瀬尚紀 訳

早川書房

POEMS TO LEARN BY HEART
Caroline Kennedy
Paintings by Jon J Muth

Translated by
Naoki Yanase
Originally published in the United States and Canada by
Disney • Hyperion Books
First published 2014 in Japan by
Hayakawa Publishing, Inc.
This book is published in Japan by
arrangement with
Disney • Hyperion Books
through The English Agency (Japan) Ltd.

イラストレーション：ジョン・J・ミュース
ブックデザイン：田中久子

どんな詩が心に残っているか、教えてくれた私の友人たちにこの本を捧げる。
そして、ドリームヤード・プレップの詩人たちと、彼らがこれから書くであろうすべての詩に。

――――――――キャロライン・ケネディ

挿画を描くにあたり、インスピレーションと情熱の源となってくれた
モリー、キャロライン、アレックス、レオにこの本を捧げる。
何度もモデルをつとめてくれた彼らは、同じ服が着られなくなるほど、ぐんぐん成長していった。
そして、すばらしきパートナーのキャロラインとグレッチェンに感謝を。

――――――――ジョン・J・ミュース

Contents

12　はじめに　キャロライン・ケネディ

はじめの詩　はじめての本　リータ・ダヴ　17

私はいったい誰？　19

20　『世界はまんまる』より　ガートルード・スタイン
21　あたしはあばれんぼサクランボ　デルモア・シュワーツ
22　ぼくの影　ロバート・ルイス・スティーヴンソン
24　めそめそ　ゴールウェイ・キネル
25　なんとまあ、人生かくもむかつく出会い！　エドワード・リア
25　不幸な朝　ラングストン・ヒューズ
26　パブロのテニスシューズに捧げる歌　ゲアリー・ソトー
28　仕事はちっぽけだからって　作者不詳
29　できっこない　エドガー・アルバート・ゲスト
30　親展　ラングストン・ヒューズ
30　人は宇宙に言った　スティーヴン・クレイン
31　ソネット94　ウィリアム・シェイクスピア
32　雪の粉　ロバート・フロスト
33　もし　ラドヤード・キプリング
34　『追放の物語』より　エリザベス・バレット・ブラウニング
35　ぼくの見るものとぼくの言うことの間に　オクタビオ・パス
37　ミカ書　第6章8節

家族の思い出 39

40　言うこと聞かない　A・A・ミルン
42　弟　メアリー・アン・ホーバーマン
43　兄と妹　ルイス・キャロル
45　もし赤頭巾ちゃんが…　ジェフ・モス
46　アンドレ　グウェンドリン・ブルックス
47　親　オグデン・ナッシュ
49　ふたつの言葉　リナ・P・エスパイジャット
50　バーミングハムのバラード　ダドリー・ランダル
52　作法　エリザベス・ビショップ

愛と友情 55

56　蜂乃ブンちゃん　エミリ・ディキンソン
57　必携　ビリー・コリンズ
57　邪悪　ラングストン・ヒューズ
58　毒樹　ウィリアム・ブレイク
59　活人画　カウンティ・カレン
60　わき上がる声　ドリームヤード・プレップのスラム・チーム
64　天の羽衣　ウィリアム・バトラー・イェーツ
65　夢の預り番　ラングストン・ヒューズ
66　ある幸せ　ジェイムズ・ライト
68　愛への誘い　ポール・ローレンス・ダンバー
69　コリント人への第一の書簡　第13章1節〜8節　聖パウロ
70　カトリーナの日時計のために　ヘンリー・ファン・ダイク
71　自由　ジャネット・S・ワン

妖精、鬼、魔女 73

74　ちび妖精エルフ　ジョン・ケンドリック・バングズ

75　妖精さんたち　ローズ・ファイルマン

76　妖精の子になりたいな　ロバート・グレイヴズ

79　誰そ彼　ウォルター・デ・ラ・メア

80　ベッドの下　ペニー・トルジンカ

81　なんだ？　フローレンス・パリー・ハイド

83　『女王たちの仮面劇』より　ベン・ジョンソン

84　人食鬼たちの歌　W・H・オーデン

85　城壁に峭壁に光輝が落ちる　アルフレッド・テニスン卿

言葉の遊び 87

88　とんちんかんな質問　アメリカ民謡

89　南国のバナナ　作者不詳

89　おっさんお庭でいつものうのう　エドワード・リア

90　おじさんつねづね野ウサギさらう　エドワード・リア

91　赤ん坊がマイクロチップをのみこんだ　ニール・レヴィン

92　トウィードルダムとトウィードルディー　ルイス・キャロル

93　ハーバート・グラーベット　ジャック・プリラツキー

94　おもちゃたちの世間話　キャサリーン・パイル

95　男の子も女の子も　ジョン・チャーディ

96　ことばの中にことばあり　リチャード・ウィルバー

97　竜カスタードの物語　オグデン・ナッシュ

学校なんて楽しくない!? 101

102　学生の義務　エドワード・アンソニー

103　格言　サミュエル・ベケット

104　病気　シェル・シルヴァスタイン

105　宿題　ジェイン・ヨーレン

107　ちゃっかり交換　マシュー・M・フレデリックス

108　やっかいなシャボン玉　ジャネット・S・ワン

109　ロバの描き方　ネイオミ・シハブ・ナイ

110　教訓　ビリー・コリンズ

112　作文のテーマ　ラングストン・ヒューズ

114　ありえないことがぜんぶ起こるなら　E・E・カミングズ

スポーツのある風景 117

118　「秘密」は輪の中央に　ロバート・フロスト

118　かくれんぼ　1933年　ゴールウェイ・キネル

119　積み木の都　ロバート・ルイス・スティーヴンソン

120　少女たちの仲良しグループ　ニッキー・ジョヴァンニ

121　俺らマジにクールよ　グウェンドリン・ブルックス

123　スラム、ダンク、フック　ユーセフ・コマンヤーカ

124　ディフェンダー　リンダ・スー・パーク

125　バッター、ズアリ　ニッキー・グライムズ

126　バッター、ケイシー　アーネスト・ローレンス・セア

128　ケイシーのリベンジ　グラントランド・ライス

131　皐月　ジョン・アップダイク

戦争の苦悩 133

136　意志よ、難儀の海に溺れても　アルキロコス
137　センナケリブの破滅　ジョージ・ゴードン・バイロン卿
138　オジマンディアス　パーシー・ビッシュ・シェリー
140　『ヘンリー五世』4幕3場より　ウィリアム・シェイクスピア
141　シャイロー　ハーマン・メルヴィル
142　ゲティスバーグの演説　エイブラハム・リンカーン
145　軽騎兵旅団の突撃　アルフレッド・テニスン卿
146　絶対命令　C・G・ティッガス
147　子供の頃よくころんだ　ウラジーミル・ナボコフ
148　無名戦士　ビリー・ロウズ
151　彼らが最初にユダヤ人を襲ったとき　マルティン・ニーメラー
152　「レムノスからの声」より　シェイマス・ヒーニー
153　平和　ジェラード・マンリー・ホプキンズ

自然に囲まれて 155

156　「無垢の予兆」より　ウィリアム・ブレイク
156　わあ、いっぱいたくさんなんでもあるんだ　ロバート・ルイス・スティーヴンソン
157　重いのはなに？　クリスティーナ・ロセッティ
157　献身　ロバート・フロスト
158　「朝」はほんとうに現れるかしら　エミリ・ディキンソン
159　朝の街はバラードを歌う　アミリ・バラカ
160　きみはだれだ、このちびっこ目　E・E・カミングズ
161　美しく歩まん　ナバホ族

162　トミー　グウェンドリン・ブルックス
162　『お気に召すまま』2幕5場より　ウィリアム・シェイクスピア
163　ガラス壺の逸話　ウォーレス・スティーヴンズ
164　雪男　ウォーレス・スティーヴンズ
165　冬の木々　ウィリアム・カーロス・ウィリアムズ
166　『変身物語』より　オウィディウス
167　世界　ウィリアム・ブライティ・ランズ

おまけ 169

170　『カンタベリー物語』序　ジェフリー・チョーサー
172　ロッヒンバー　サー・ウォルター・スコット
174　サム・マッギーの火葬　ロバート・サーヴィス
178　ポール・リヴィアの深夜の騎行　ヘンリー・ワズワース・ロングフェロー
182　クーブラ・カーン　サミュエル・テイラー・コウルリッジ

おわりの詩　あるとき目っけた小さい詩　イヴ・メリアム　185

186　訳者あとがき
188　作者名索引

はじめに

「詩《し》の暗唱《あんしょう》って、なんの役《やく》に立《た》つの？」——いろいろな人《ひと》にそう聞《き》かれます。いまは、知《し》らないことがあれば簡単《かんたん》にインターネットで調《しら》べられる便利《べんり》な時代《じだい》なので、わざわざ何《なに》かを丸暗記《まるあんき》しなくても、あまり困《こま》らないはず。なかには、「電卓《でんたく》があるんだから、九《く》九《く》なんて覚《おぼ》えなくてもいいのに」と思《おも》う人《ひと》がいるかもしれません。でも、機械《きかい》に頼《たよ》らずに、自分《じぶん》の頭《あたま》のなかにある知識《ちしき》で問題《もんだい》を解決《かいけつ》できるとしたら、とても心強《こころづよ》い気《き》がしませんか？ 言葉《ことば》についても同《おな》じです。詩人《しじん》たちは、ごくかぎられた数《かず》の言葉《ことば》を使《つか》って、人生《じんせい》で大切《たいせつ》な教訓《きょうくん》を伝《つた》えてくれます。そこには、情景《じょうけい》や経験《けいけん》や感情《かんじょう》がぎゅっとつめこまれているのです。つらいことがあったとき、頭《あたま》に浮《う》かんだ詩《し》がきっかけで勇気《ゆうき》を持《も》てるかもしれません。見知《みし》らぬ場所《ばしょ》にいて心細《こころぼそ》くてたまらないとき、はるか遠《とお》くまで旅《たび》して無事《ぶじ》にふるさとへ戻《もど》った人《ひと》たちがいたことを、詩《し》が思《おも》い出《だ》させてくれるかもしれません。頭《あたま》のなかに詩《し》がたくさんつまっていれば、いつでもその知恵《ちえ》に頼《たよ》ることができます。それを奪《うば》うことは誰《だれ》にもできません。

何《なに》か覚《おぼ》えはじめるなら、子供《こども》のうちがいちばんです。子供《こども》たちは、お気《き》に入《い》りの本《ほん》の物語《ものがたり》を最初《さいしょ》から最後《さいご》までそらで言《い》えますよね。何度《なんど》も何度《なんど》もくり返《かえ》すので、お父《とう》さんやお母《かあ》さんもいつの間《ま》にか覚《おぼ》えてしまったり。私《わたし》の家族《かぞく》はみんな、「おさるとぼうしうり」や「ふくろう君《くん》とにゃんこ嬢《じょう》」がぜんぶ頭《あたま》に入《はい》っているし、言葉《ことば》遊《あそ》びや祈《いの》りの句《く》、歌《うた》なども、おまじないのようにすらすら言《い》えます。

そんなふうにきっと、詩《し》も覚《おぼ》えられるはず。詩《し》というのは、心《こころ》にとどめ、声《こえ》に出《だ》して朗読《ろうどく》するために書《か》かれているのですから。いったん覚《おぼ》えてしまえば、がんばらなくても自然《しぜん》と口《くち》から出《で》てくるようになります。でも、そうなるまではスポーツの練習《れんしゅう》のように取《と》り組《く》むことになるでしょう。やればやるほど腕《うで》が上《あ》がるし、自信《じしん》もつきます。暗記《あんき》すれば、詩《し》は永遠《えいえん》に自分《じぶん》のものとなる——誰《だれ》かとわかち合《あ》うことがあっても、それを失《うしな》うことなんてありません。

その昔《むかし》、本《ほん》や印刷物《いんさつぶつ》がなかった頃《ころ》、航海《こうかい》したり、農作物《のうさくぶつ》を育《そだ》てたり、商売《しょうばい》したり、遊《あそ》んだり、社会《しゃかい》を支《ささ》えたりするための情報《じょうほう》は、人々《ひとびと》の頭《あたま》のなかに記録《きろく》されていました。古代《こだい》ローマやギリシアの風習《ふうしゅう》や価値観《かちかん》は、お祭《まつ》りなどで吟唱《ぎんしょう》されていた「叙事詩《じょじし》」のなかで描《えが》かれ、次《つぎ》の世代《せだい》へと受《う》け継《つ》がれていきました。古代において「記憶《きおく》」はとても大切《たいせつ》なものであり、ムネモシュネという「記憶《きおく》の女神《めがみ》」がいるほどです。ギリシア神話に登場するムネモシュネは、最初《さいしょ》に全宇宙《ぜんうちゅう》を支配《しはい》した神《かみ》ウーラノスの娘《むすめ》です。「理性《りせい》」という才能《さいのう》を持《も》ち、最初《さいしょ》の哲学者《てつがくしゃ》ともいわれています。地上《ちじょう》のすべてのものに名前《なまえ》をつけるのはこの女神《めがみ》の役目《やくめ》でした。

みなさんは、『オデュッセイア』のような長《なが》い物語《ものがたり》をすべて覚《おぼ》えるなんて、絶対《ぜったい》に無《む》理《り》だと思《おも》うでしょう。ところが、古代《こだい》ローマやギリシアの人《ひと》は、あるわざを発明《はつめい》したことで、なんでも簡単《かんたん》に暗記《あんき》できました。まず、たくさんの部屋《へや》がある建物《たてもの》を思《おも》い浮《う》かべます。その当時《とうじ》の大《おお》きな建物《たてもの》といえば、神殿《しんでん》や公衆浴場《こうしゅうよくじょう》、競技場《きょうぎじょう》などがありました。また、身分《みぶん》の高《たか》い人《ひと》の家《いえ》にも、立派《りっぱ》な柱《はしら》に囲《かこ》まれた中庭《なかにわ》があり、室内《しつない》にはさまざまな石像《せきぞう》や祭壇《さいだん》などが置《お》かれていました。そういったものを頭《あたま》のなかに描《えが》いたのでしょう。私《わたし》たちなら、博物館《はくぶつかん》やショッピングモール、なじみのある町《まち》などがいいかもしれません。次《つぎ》に、暗記《あんき》する詩《し》のイメージを呼《よ》び覚《さ》ますような物《もの》を、建物《たてもの》のなかや道沿《みちぞ》いに並《なら》べていきます。大切《たいせつ》なのは、どこに何《なに》を置《お》いたか、正《ただ》しく覚《おぼ》えておくこと。そうすれば、詩《し》を暗唱《あんしょう》するときに、自分《じぶん》がその建物《たてもの》や町《まち》を通《とお》り抜《ぬ》けていく様子《ようす》を想像《そうぞう》し、並《なら》べた物《もの》の前《まえ》でその都度《つど》立《た》ちどまることで、一《ひと》つひとつの言葉《ことば》を思《おも》い出《だ》せます。古代《こだい》ローマで修辞学《しゅうじがく》と記憶術《きおくじゅつ》を教《おし》えていたセネカは、この方法《ほうほう》を使《つか》い、記憶《きおく》だけで2000人《にん》の名前《なまえ》を順番《じゅんばん》に言《い》うことができたそうです。また、200人《にん》の教《おし》え子《ご》たちに詩《し》を1行《ぎょう》ずつ朗読《ろうどく》させ、それらをすべて逆順《ぎゃくじゅん》で暗唱《あんしょう》してみせたという逸話《いつわ》もあります。

私《わたし》の母《はは》は子供《こども》の頃《ころ》、朝礼《ちょうれい》で聖句《せいく》や詩《し》を暗唱《あんしょう》していたそうです。私《わたし》が子供《こども》の頃《ころ》は、毎日暗唱《まいにちあんしょう》することはありませんでしたが、中学二年生《ちゅうがくにねんせい》が出場《しゅつじょう》する暗唱大会《あんしょうたいかい》は、大注目《だいちゅうもく》の学校行事《がっこうぎょうじ》でした。時《とき》がたつにつれ、学校《がっこう》で詩《し》を学《まな》んだり暗唱《あんしょう》したりすることは、少《すく》なくなっていったようです。ところが最近《さいきん》、「ポエトリー・スラム」と呼《よ》ばれる詩《し》の朗読大会《ろうどくたいかい》や、即興《そっきょう》で詩《し》を発表《はっぴょう》するイベントが人気《にんき》を集《あつ》め、詩《し》の暗唱《あんしょう》がふたたび注目《ちゅうもく》されています。長《なが》いあいだすみに追《お》いやられていた詩《し》が、社会《しゃかい》に対《たい》して声《こえ》を上《あ》げる手段《しゅだん》として復活《ふっかつ》しているのです。詩《し》を読《よ》んだり書《か》いたりするのは、もはや孤独《こどく》な作業《さぎょう》ではありません。みんなで力《ちから》を合《あ》わせて創作《そうさく》し、観客《かんきゃく》と一体《いったい》となって発表《はっぴょう》するものとなったのです。

大勢《おおぜい》の人《ひと》の前《まえ》に立《た》つのが怖《こわ》い、という人《ひと》もいるでしょう。でも、客席《きゃくせき》に座《すわ》っている友達《ともだち》の顔《かお》を見《み》ず、詩《し》が描《えが》いているイメージに集中《しゅうちゅう》すれば、そんなに怖《こわ》くはありません。何度《なんど》かやってみれば、意外《いがい》と楽《たの》しめるようになるかもしれませんよ。

私《わたし》は、ニューヨーク市《し》の公立学校《こうりつがっこう》で仕事《しごと》をする機会《きかい》があったのですが、そのときに若《わか》き詩人《しじん》たちと知《し》り合《あ》うことができました。彼《かれ》らは、ブロンクスにあるドリームヤード・プレップという小《ちい》さな学校《がっこう》に通《かよ》う高校生《こうこうせい》。この学校《がっこう》は2006年《ねん》に設立《せつりつ》され、芸術《げいじゅつ》を中心《ちゅうしん》としたカリキュラムを組《く》んでいます。1970年代《ねんだい》から1990年代《ねんだい》まで、ブロンクスの学校《がっこう》は、貧困《ひんこん》やエイズ、虐待《ぎゃくたい》、育児放棄《いくじほうき》といった問題《もんだい》と闘《たたか》ってきました。それもそのはず、ブロンクスはこの頃《ころ》、ニューヨーク市内《しない》でもっとも治安《ちあん》の悪《わる》い地区《ちく》に数《かぞ》えられるようになっていたのです。学校《がっこう》の出席率《しゅっせきりつ》は驚《おどろ》くほど低《ひく》く、高校《こうこう》に入学《にゅうがく》した生徒《せいと》のうち卒業《そつぎょう》できるのはわずか12.5%でした。ところがその後《ご》、ブロンクスの学校《がっこう》はがらりと変《か》わりました。問題《もんだい》を抱《かか》えていた大《おお》きな学校《がっこう》は閉鎖《へいさ》され、代《か》わりにドリームヤード・プレップのような小《ちい》さな高校《こうこう》が誕生《たんじょう》したのです。出席率《しゅっせきりつ》はぐっと上《あ》がり、卒業率《そつぎょうりつ》も60～80%にまで改善《かいぜん》しました。そして、卒業生《そつぎょうせい》の多《おお》くが彼《かれ》らの家族《かぞく》で初《はじ》めての大学生《だいがくせい》になっていったのです。

才能《さいのう》あふれる高校生《こうこうせい》たちの詩《し》に感激《かんげき》した私《わたし》は、この本《ほん》に載《の》せる詩《し》を選《えら》ぶのを手伝《てつだ》ってもらうことにしました。最初《さいしょ》は不安《ふあん》もありました。彼《かれ》らは、昔《むかし》の詩《し》をおもしろいと思《おも》ってくれるだろうか。それとも、言葉《ことば》づかいや比喩《ひゆ》が古《ふる》すぎて、遠《とお》い世界《せかい》のことのように感《かん》じてしまうだろうか——。予想《よそう》していたとおり、高校生《こうこうせい》たちがもっとも共感《きょうかん》したのは、友情《ゆうじょう》や愛《あい》について書《か》かれた詩《し》や、ユーモアたっぷりの詩《し》でした。でも次第《しだい》に、少《すこ》し難解《なんかい》な古《ふる》い詩《し》のすばらしさもわかってくれるようになっていったのです。私《わたし》が子供《こども》の頃《ころ》はいつも、不朽《ふきゅう》の名作《めいさく》を読《よ》み、文学界《ぶんがくかい》の偉人《いじん》の書《か》き方《かた》をまねるように教《おし》えられました。一方《いっぽう》でいまの生徒《せいと》たちは、自分自身《じぶんじしん》の人生《じんせい》について、実際《じっさい》に抱《かか》えている問題《もんだい》について書《か》くことが多《おお》いです。そのように自分《じぶん》について書《か》いているうちに、過去《かこ》の詩人《しじん》たちが自分《じぶん》と同《おな》じ問題《もんだい》にどう向《む》き合《あ》ったかということに興味《きょうみ》がわいてくるようです。

　私《わたし》を支《ささ》えてくれる若《わか》き詩人《しじん》たちには、いつも刺激《しげき》されっぱなしです。長《なが》い詩《し》を暗唱《あんしょう》する熱意《ねつい》と能力《のうりょく》をそなえ、言葉《ことば》を愛《あい》し、自分《じぶん》を表現《ひょうげん》したいという強《つよ》い願《ねが》いを持《も》っています。みなさんにとっても、この本《ほん》が自分《じぶん》だけの「記憶《きおく》の神殿《しんでん》」を築《きず》く出発点《しゅっぱつてん》となりますように。そして、この本《ほん》を開《ひら》かなくてもあざやかに思《おも》い出《だ》せるほど、これから登場《とうじょう》する詩《し》を心《こころ》のなかに大切《たいせつ》にしまっておいてくれますように。

はじめの詩

はじめての本《ほん》

リータ・ダヴ

ひらいてごらん

さあ かみつかれたりしないから
でも……もしかすると ちょっぴり

というより ひとつねりかな ちくちくって
それがほんとに楽《たの》しいの

ほら見《み》て ずっとひらいてるでしょ
中《なか》に落《お》っこちるかも

はじめはむずかしいものよね
おぼえてるでしょ

ナイフとフォークの使《つか》い方《かた》だって
掘《ほ》ってごらん

いつまで掘《ほ》っても底《そこ》に行《い》き着《つ》かないから
そこは世界《せかい》の終《お》わりなんかじゃない

ただあなたが知《し》っている
と思《おも》っている世界《せかい》なの

私《わたし》はいったい誰《だれ》?

詩《し》とは、私《わたし》たちの存在《そんざい》を宣言《せんげん》するものです。自分《じぶん》はどういう人間《にんげん》なのか、何《なに》を感《かん》じているのか――それを何《なに》よりもまっすぐ表現《ひょうげん》できるのが詩《し》です。ときには、自分《じぶん》の言葉《ことば》を聞《き》いてくれる人《ひと》なんてどこにもいない、と感《かん》じることもあるかもしれません。でも、詩《し》をとおして見《み》つけるあなた自身《じしん》の声《こえ》は、きっと誰《だれ》かに届《とど》くでしょう。大人《おとな》へと成長《せいちょう》するあいだには、つらいことがたくさんあるかもしれません。そんなとき、詩《し》は私《わたし》たちを守《まも》り、導《みちび》き、心《こころ》と心《こころ》を結《むす》びつけてくれます。詩《し》を頭《あたま》のなかにしまいこんでおけば、そこに表現《ひょうげん》されている感情《かんじょう》や知恵《ちえ》やエネルギーが、喜《よろこ》びのもととなるでしょう。困難《こんなん》なときも生《い》き抜《ぬ》くための支《ささ》えとなってくれるのです。

この章《しょう》に集《あつ》めた詩《し》は、「アイデンティティ」や「いかにして生《い》きるか」といった複雑《ふくざつ》なテーマをとりあげています。はじめに登場《とうじょう》するガートルード・スタインの詩《し》は、世界《せかい》に対《たい》して自分《じぶん》という存在《そんざい》を力強《ちからづよ》く主張《しゅちょう》するものです。また、ゴールウェイ・キネルの「めそめそ」やラングストン・ヒューズの「不幸《ふこう》な朝《あさ》」は、押《お》しよせる感情《かんじょう》や恐怖《きょうふ》を乗《の》り越《こ》えようとしている様子《ようす》がうかがえます。

詩《し》は、あきらめたくなったときに前進《ぜんしん》しつづけるための助《たす》けにもなります。「仕事《しごと》はちっぽけだからって」のような短《みじか》い詩《し》や、エドガー・アルバート・ゲストの「できっこない」を読《よ》めば、つい笑顔《えがお》にさせられたり、がんばろうという気持《きも》ちがわきあがってきたりするでしょう。

ラドヤード・キプリングの有名《ゆうめい》な詩《し》「もし」は、人生《じんせい》のあらゆる場面《ばめん》においてどうふるまうべきか教《おし》えてくれます。また、エリザベス・バレット・ブラウニングの「追放《ついほう》の物語《ものがたり》」や、オクタビオ・パスの「ぼくの見《み》るものとぼくの言《い》うことの間《あいだ》に」は、奉仕《ほうし》の心《こころ》や豊《ゆた》かな創造力《そうぞうりょく》など、意味《いみ》のある人生《じんせい》を送《おく》るために必要《ひつよう》なものについて説明《せつめい》しています。

人生《じんせい》の荒波《あらなみ》にさらされるとき、自分《じぶん》の信念《しんねん》がゆらぐとき、助《たす》けになってくれるのが詩《し》です。偉大《いだい》な詩人《しじん》であるウォーレス・スティーヴンズはこう書《か》いています。「詩《し》とは、現実世界《げんじつせかい》の圧力《あつりょく》に抵抗《ていこう》する想像力《そうぞうりょく》である。つきつめればそれは、自分《じぶん》を守《まも》ろうとする本能《ほんのう》と関《かか》わりがあるにちがいない。なぜなら、詩《し》の表現《ひょうげん》と言葉《ことば》の響《ひび》きそのものが、生《い》きる助《たす》けとなってくれるからだ」

『世界《せかい》はまんまる』より

ガートルード・スタイン

あたしはここ
おなかすいたとき
ハムを食《た》べたいのはここ
ならいいなと思《おも》うとき
いたいのはやっぱりここ

あたしはあばれんぼサクランボ

デルモア・シュワーツ

あたしはあばれんぼサクランボ
毎朝起《まいあさお》きたらすぐにへんしん
リンゴにへんしん　プラムにへんしん
ハローウィンのあばれんぼたちにも負《ま》けないもん
木《き》にへんしん　猫《ねこ》にへんしん　お花《はな》にへんしん
その気《き》になったら　その気《き》になれば　だれにだって早《はや》がわり
すごいお婆《ばあ》ちゃん　動物園《どうぶつえん》の魔女《まじょ》にだって
思《おも》いついたらだれにでもなれるの
ときどきなににでもなりたくなっちゃう
桃《もも》には種《たね》がある　あたし知《し》ってるもん
そしてなんでも歌《うた》に入《い》れてしまうから
あたしが歌《うた》うといつもおとなを笑《わら》わせちゃう
だから歌《うた》うの　ほんとよ　うそよ
知《し》ってる知《し》ってる　ほんとはうそよ
桃《もも》には種《たね》がなります
種《たね》には桃《もも》があります
どっちもまちがいかも
歌《うた》うときいつもそう
でもおとなには言《い》わない　だって悲《かな》しいでしょ
おとなもあたしみたいに笑《わら》ってほしいから
だっておとなになったから
知《し》ってたことをわすれたの
なのにおとなは言《い》うの
あたしもいつかはわすれるって
でもちがう　そんなことない
あたしは歌《うた》を歌《うた》ったとき知《し》ってたんだもん！
あたしは赤《あか》　あたしは金色《きんいろ》
あたしはみどり　あたしは青《あお》
いつもあたしは変《か》わらない
あたしはいつもへんしんするんだもん！

ぼくの影《かげ》

ロバート・ルイス・スティーヴンソン

ぼくには影《かげ》がいつもくっついて離《はな》れない
なんの役《やく》に立《た》ってくれるのかよくわからない
つまさきから頭《あたま》のてっぺんまでぼくにそっくりだ
ぼくがベッドに飛《と》びこむより先《さき》にもぐりこんでるからびっくりだ

いちばんおかしいのはいきなり大《おお》きくなりたがることさ
ふつうの子《こ》ならとてもゆっくり大《おお》きくなるのが決《き》まり事《ごと》さ
ゴムまりみたいにぴょーんと弾《はず》んで背《せ》が高《たか》くなる
かと思《おも》うとちぢこまってどこにもぜんぜんいなくなる

子供《こども》の遊《あそ》び方《かた》をてんでわかっちゃいない
ぼくのことをなんだかんだとからかうしかしない
ぼくにぴったりくっついているから臆病《おくびょう》なんだ
子守《こもり》にくっついているみたいでぼくなら赤恥《あかはじ》の茶番《ちゃばん》だ

ある朝《あさ》お日《ひ》さまの出《で》る前《まえ》の光景《こうけい》を出迎《でむか》えた
金鳳花《きんぽうげ》の花々《はなばな》に朝露《あさつゆ》のきらきら光《ひか》るのが見《み》えた
でも寝坊助《ねぼすけ》の愚図《ぐず》の影《かげ》ったらまだベッドにもぐってた
ぼくの後《うし》ろでぐっすり眠《ねむ》りこけてた

めそめそ

ゴールウェイ・キネル

めそめそしくしく泣《な》くのは
だめだめだめ　わんわん泣《な》いて
枕《まくら》をびちょびちょにしちゃいなさい！
そうして起《お》きたら笑《わら》えるよ
それからシャワーに飛《と》びこんで
バシャッ バシャッ バシャッ
お部屋《へや》に戻《もど》って窓《まど》を開《あ》け
けたけた けたけた あはは あはは
おうちの人《ひと》がびっくり仰天《ぎょうてん》
「いったいあなた、どうしたの？」
けたけた あはは「だって幸《しあわ》せちゃんが
涙《なみだ》の奥《おく》に隠《かく》れてた！　泣《な》き終《お》わったら出《で》てきたの！」

なんとまあ、人生《じんせい》かくもむかつく出会《であ》い！

エドワード・リア

なんとまあ、人生《じんせい》かくもむかつく出会《であ》い！
改善《かいぜん》するにはいかなる繕《つくろ》い？
むかつきなおも押《お》し合《あ》いへし合《あ》い
とりわけ靴《くつ》のちぐはぐふぞろい
どうしたらいいこのふぞろい

不《ふ》幸《こう》な朝《あさ》

ラングストン・ヒューズ

ほら見《み》てよ
靴《くつ》がふぞろいなんだ
どうにかしてよ
もう落胆《らくたん》だ

パブロのテニスシューズに捧《ささ》げる歌《うた》

ゲアリー・ソトー

パブロのベッドの下《した》でぽつねんと
雨《あめ》に鍛《きた》えられ、日照《ひで》りに鍛《きた》えられて
草《くさ》をひきずった跡《あと》が
つま先《さき》についている
学校《がっこう》のグラウンドで
パブロがころんだときだ
向《む》かってきたフットボールに
飛《と》びつこうとしてころんだ
でもパブロはころんでも立《た》ち上《あ》がった
シューズに草《くさ》をすりつけて
フットボールに
届《とど》かなかった

今《いま》は夜《よる》
パブロはベッドで聞《き》いている
母《はは》がけたけた笑《わら》っている
テレビのメキシコドラマだ
パブロのシューズ、双子《ふたご》のペット
それが両足《りょうあし》に添《そ》い寝《ね》する
ベッドの下《した》で

風呂《ふろ》に入《はい》るべきだったのに
入《はい》らなかった
(土《つち》がぽろぽろっと手《て》のひらからころがる

葉《は》っぱがひらひらっと
髪《かみ》の毛《け》から落《お》ちる)
シューズみたいに
なりたいのだ
ちょっとよごれてる
道《みち》の土《つち》ぼこりで
ちょっとくたびれてる
水飲《みずの》み器《き》に走《はし》ったから
1日《にち》100回《かい》も

水分補給《すいぶんほきゅう》をして
そしてがんばる
シューズがそこへ連《つ》れてってくれる
このシューズが大好《だいす》きだ

布地《ぬのじ》は舟《ふね》の帆《ほ》のよう
ゴム底《そこ》はまるで
荒海《あらうみ》に浮《う》かぶ救命《きゅうめい》ボート

パブロはへろへろ
マットレスに沈《しず》んでいく
目《め》がちかちかちくちく
葉《は》っぱのせいと教科書《きょうかしょ》の長《なが》い単語《たんご》のせい
8時間《じかん》
ぐっすり寝《ね》なくちゃ
シューズを冷《ひ》やしてやらなくちゃ
べろをべろんと出《だ》して
疲《つか》れきってるから

仕事《しごと》はちっぽけだからって

作者不詳《さくしゃふしょう》

仕事《しごと》はちっぽけ見返《みかえ》りもちっぽけ
だからって落《お》ちこむことはない
オークの大木《たいぼく》も
もともとはドングリにすぎない

できっこない

エドガー・アルバート・ゲスト

できっこないさと言《い》われたけれど
　　くつくつ笑《わら》って相手《あいて》にしない
できっこない「かもしれない」けれど
　　やってみなくちゃわからない
だからにやりと笑《わら》って気《き》を引《ひ》き締《し》めた
　　不安《ふあん》だったなら笑《え》みを隠《かく》した
鼻歌《はなうた》まじりに取《と》り組《く》み始《はじ》めた
　　できっこないことを成就《じょうじゅ》した

「できっこない」とどこかの誰《だれ》かがみくびった
　　「できたやつは皆無《かいむ》なんだ」
だから上着《うわぎ》をぬいで帽子《ぼうし》を取《と》った
　　そしてさっそくそれに挑《いど》んだ
あごをしゃくって口《くち》もとがにやりと光《ひか》り
　　疑念《ぎねん》もへりくつもわきへ除《よ》けた
鼻歌《はなうた》まじりに取《と》りかかり
　　「できっこないこと」やってのけた
できっこないと言《い》い切《き》る連中《れんちゅう》わんさといる
　　失敗《しっぱい》するぞと予言《よげん》を述《の》べる
理由《りゆう》のひとつひとつに分《わ》け入《い》る
　　襲《おそ》う危険《きけん》をくどくどしゃべる
それでもにやりと笑《え》むことだ
　　上着《うわぎ》をぬいで本腰《ほんごし》入《い》れる
鼻歌《はなうた》まじりに取《と》り組《く》むことだ
　　「できっこないこと」やってのけられる

親展《しんてん》

ラングストン・ヒューズ

封書《ふうしよ》に
　　親展《しんてん》
神《かみ》からの書簡《しよかん》が私《わたし》に届《とど》いた
封書《ふうしよ》に
　　親展《しんてん》
私《わたし》からの返信《へんしん》を送《おく》った

人《ひと》は宇宙《うちゆう》に言《い》った

スティーヴン・クレイン

人《ひと》は宇宙《うちゆう》に言《い》った
「自分《じぶん》は存在《そんざい》するのであります！」
「だがな」と宇宙《うちゆう》は言《い》った
「だからといって私《わたし》の内《うち》に
義務感《ぎむかん》は創造《そうぞう》されなかったぞ」

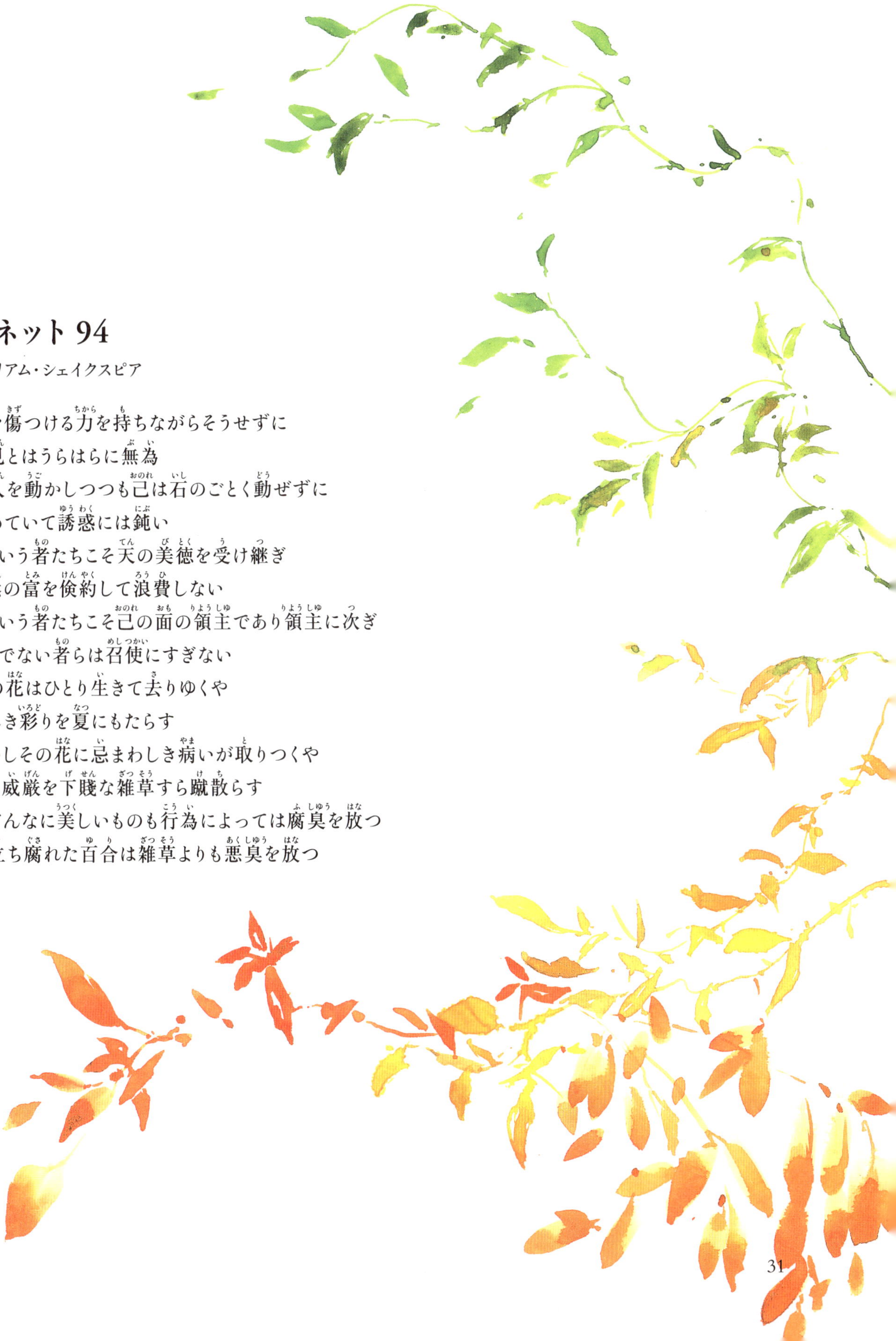

ソネット94

ウィリアム・シェイクスピア

人《ひと》を傷《きず》つける力《ちから》を持《も》ちながらそうせずに
外見《がいけん》とはうらはらに無為《ぶい》
他人《たにん》を動《うご》かしつつも己《おのれ》は石《いし》のごとく動《どう》ぜずに
冷《さ》めていて誘惑《ゆうわく》には鈍《にぶ》い
そういう者《もの》たちこそ天《てん》の美徳《びとく》を受《う》け継《つ》ぎ
自然《しぜん》の富《とみ》を倹約《けんやく》して浪費《ろうひ》しない
そういう者《もの》たちこそ己《おのれ》の面《おも》の領主《りようしゆ》であり領主《りようしゆ》に次《つ》ぎ
そうでない者《もの》らは召使《めしつかい》にすぎない
夏《なつ》の花《はな》はひとり生《い》きて去《さ》りゆくや
美《うつく》しき彩《いろど》りを夏《なつ》にもたらす
しかしその花《はな》に忌《い》まわしき病《やま》いが取《と》りつくや
その威厳《いげん》を下賤《げせん》な雑草《ざつそう》すら蹴散《けち》らす
　どんなに美《うつく》しいものも行為《こうい》によっては腐臭《ふしゆう》を放《はな》つ
　立《た》ち腐《ぐさ》れた百合《ゆり》は雑草《ざつそう》よりも悪臭《あくしゆう》を放《はな》つ

雪《ゆき》の粉《こ》

ロバート・フロスト

一羽《いちわ》のカラス
ぶるるっとふるえて
雪《ゆき》の粉《こ》を降《ふ》らす
栂《つが》の枝《えだ》で待《ま》ちかまえて

心《こころ》が晴《は》れた
気《き》分《ぶん》一《いっ》新《しん》
ふさいだ一日《いちにち》が救《すく》われた
ふっと昂進《こうしん》

もし

ラドヤード・キプリング

もし、まわりの誰《だれ》もが激昂《げっこう》して
　非難《ひなん》を浴《あ》びせられても冷静《れいせい》さを保《たも》ち
もし、疑《うたが》われても自分《じぶん》を信頼《しんらい》して
　その疑《うたが》いを許《ゆる》す心《こころ》を持《も》ち
もし、待《ま》たされても待《ま》つことができ
　嘘《うそ》をつかれても嘘《うそ》で返《かえ》さず
また、憎《にく》まれても愛《あい》することができ
　見栄《みえ》を張《は》らず、物知《ものし》り顔《がお》を出《だ》さず

もし、夢《ゆめ》の奴隷《どれい》にならずに夢《ゆめ》を胸《むね》にとどめ
　思索《しさく》しつつ思索《しさく》そのものを目的《もくてき》にすることがなく
もし、勝利《しょうり》であれ災難《さいなん》であれ快《こころよ》く受《う》け止《と》め
　まったく態度《たいど》を変《か》えることがなく
もし、自分《じぶん》の伝《つた》えた真実《しんじつ》が悪党《あくとう》によって歪曲《わいきょく》され
　愚者《ぐしゃ》の罠《わな》となっても、それを許《ゆる》す忍耐《にんたい》を持《も》ち
また、人生《じんせい》を捧《ささ》げて作《つく》ったものが破壊《はかい》され
　それでも使《つか》い古《ふる》した工具《こうぐ》で修繕《しゅうぜん》する意志《いし》を持《も》ち

もし、これまでに勝《か》ち取《と》った財産《ざいさん》を
　運《うん》にまかせて一度《いちど》に賭《と》し
もし、敗《やぶ》れ去《さ》っても後悔《こうかい》の念《ねん》を
　口《くち》にせず再《ふたた》び立《た》ち上《あ》がろうとし
もし、気力《きりょく》も体力《たいりょく》も果《は》てたとしても
　最後《さいご》までやり抜《ぬ》くための力《ちから》を呼《よ》び起《お》こし
また、すべてを失《うしな》っても
　持《も》ちこたえるための意志《いし》を奮《ふる》い起《お》こし

もし、群衆《ぐんしゅう》を操《あやつ》るようになっても徳《とく》を失《うしな》うことなく
　王《おう》たちと共《とも》に歩《ある》くようになっても民《たみ》を忘《わす》れず
もし、敵《てき》からも愛《あい》する友人《ゆうじん》からも傷《きず》を負《お》うことなく
　あらゆる人《ひと》に頼《たよ》られつつ、過度《かど》に頼《たよ》られず
もし、容赦《ようしゃ》なく一分間《いっぷんかん》が過《す》ぎていくなか
　残《のこ》り一秒《いちびょう》までひたすら走《はし》りつづけられるとしよう
そうなれば、この地《ち》と地上《ちじょう》のすべてがおまえの掌《てのひら》のなか
　そして息子《むすこ》よ、おまえは男《おとこ》になる術《すべ》を得《え》よう

『追放《ついほう》の物語《ものがたり》』より

エリザベス・バレット・ブラウニング

あなたの愛《あい》は
自《みずか》らの勤労《きんろう》がもたらす
恵《めぐ》みを歌《うた》う　ため息《いき》をつくあなたの唇《くちびる》が
幼子《おさなご》の接吻《せつぷん》を授《さず》かれば喜《よろこ》びを覚《おぼ》える
貧者《ひんじや》に奉仕《ほうし》すれば自《みずか》ら富《と》む
老人《ろうじん》を助《たす》ければ自《みずか》ら強《つよ》くなる
あなたが捧《ささ》げるものは、めぐりめぐって
あなたに返《かえ》ってくる

ぼくの見《み》るものとぼくの言《い》うことの間《あいだ》に

オクタビオ・パス

1

ぼくの見《み》るものとぼくの言《い》うことの間《あいだ》に、
ぼくの言《い》うこととぼくの黙《もく》することの間《あいだ》に、
ぼくの黙《もく》することとぼくの夢見《ゆめみ》ることの間《あいだ》に、
ぼくの夢見《ゆめみ》ることとぼくの忘《わす》れることの間《あいだ》に、
詩《し》が。
それは滑《すべ》る
肯定《こうてい》と否定《ひてい》の間《あいだ》を、
そして言《い》う
ぼくの黙《もく》することを、
そして黙《もく》する
ぼくの言《い》うことを、
そして夢見《ゆめみ》る
ぼくの忘《わす》れることを。
それは発語《はつご》ではない、
それは行動《こうどう》だ。
それは行動《こうどう》だ
発語《はつご》の。
詩《し》は
発語《はつご》して聞《き》く。
それは現実《げんじつ》となる。
そしてぼくが言《い》うやいなや
それは現実《げんじつ》となり、
消《き》え失《う》せる。
そのときもっと現実《げんじつ》となるのか？

2

触知可能《しょくちかのう》な観念《かんねん》、
触知不可能《しょくちふかのう》な
語《ご》。
詩《し》は
行《い》き来《き》する
存在《そんざい》するものと
存在《そんざい》しないものの間《あいだ》を。
それは熟考《じゅっこう》を
編《あ》んでは解《ほど》く。
詩《し》は
ページに目《め》をまき散《ち》らす、
目《め》に言葉《ことば》をまき散《ち》らす。
目《め》は発話《はつわ》する、
言葉《ことば》が見《み》つめ、
眼差《まなざ》しが思考《しこう》する。
思考《しこう》を
聞《き》こうとし、
ぼくらの言《い》うことを
見《み》ようとし、
観念《かんねん》の肉体《にくたい》に
ふれようとする。
目《め》が閉《と》じる、
言葉《ことば》が開《ひら》く。

ミカ書《しよ》　第《だい》6章《しよう》8節《せつ》

人《ひと》よ、神《かみ》は何《なに》が善《ぜん》なるかをすでに汝《なんじ》に告《つ》げた
そして主《しゆ》は汝《なんじ》に何《なに》を求《もと》めたか
正《ただ》しく行動《こうどう》すること、そして慈《いつく》しみを愛《あい》すること
そして神《かみ》とともに謙虚《けんきよ》に歩《あゆ》むことをである

家族《かぞく》の思《おも》い出《で》

はじめて詩《し》を書《か》くとき、「自分《じぶん》がいちばんよく知《し》っていることについて書《か》きなさい」と言《い》われたりしますね。いちばんよく知《し》っていることといえば、「家族《かぞく》」を思《おも》い浮《う》かべる人《ひと》も多《おお》いでしょう。詩《し》なら、自分《じぶん》だけの経験《けいけん》について語《かた》りつつ、ありとあらゆる人《ひと》に訴《うった》えかけることもできます。つまり、優《すぐ》れた詩《し》であれば、書《か》き手自身《てじしん》の家族《かぞく》について書《か》かれているようで、すべての家族《かぞく》に共通《きょうつう》することが書《か》かれているものなのです。きょうだいのつながりやけんかの傷跡《きずあと》など、幼《おさな》い頃《ころ》の思《おも》い出《で》について書《か》かれたユーモラスな詩《し》もあれば、親子《おやこ》について書《か》かれた感動的《かんどうてき》な詩《し》もあります。親《おや》になってから自分《じぶん》の子供時代《こどもじだい》に思《おも》いをはせる、といった詩《し》も多《おお》いです。

この章《しょう》では子供《こども》の視点《してん》で書《か》かれた詩《し》を中心《ちゅうしん》に選《えら》びました。お気《き》に入《い》りのひとつが、A・A・ミルンの「言《い》うこと聞《き》かない」です。普通《ふつう》なら子供《こども》は、思《おも》いっきりたくさんお菓子《かし》を食《た》べたり夜遅《よるおそ》くまで遊《あそ》んだりするのを許《ゆる》してくれないお母《かあ》さんに、「意地悪《いじわる》!」と叫《さけ》んで逆《さか》らうものですよね。でもこの詩《し》では、むしろ子供《こども》が、頼《たよ》りないお母《かあ》さんの面倒《めんどう》を見《み》てあげなくてはと思《おも》っているのです。

もっと深刻《しんこく》な詩《し》もおさめました。私《わたし》が詩《し》の朗読《ろうどく》の全国大会《ぜんこくたいかい》で審査員《しんさいん》をつとめたとき、もっともよく暗唱《あんしょう》されていたのが、「バーミングハムのバラード」です。子供《こども》を守《まも》ろうとする母親《ははおや》を描《えが》いた、悲痛《ひつう》な詩《し》です。会話調《かいわちょう》になっていて、リズミカルに韻《いん》を踏《ふ》んでいるので、一見《いっけん》して単純《たんじゅん》な詩《し》のようにも思《おも》えますが、実際《じっさい》は個人《こじん》にとっても国家《こっか》にとっても非常《ひじょう》に重《おも》い悲劇《ひげき》を描《えが》き出《だ》しています。そして、本章《ほんしょう》を締めくくるのは、エリザベス・ビショップの「作法《さほう》」。世界中《せかいじゅう》のおじいさんたちがそうであるように、愛情《あいじょう》と知恵《ちえ》に満《み》ちあふれた一篇《いっぺん》です。

言《い》うこと聞《き》かない

A・A・ミルン

ジェイムズ・ジェイムズ・
モリソン・モリソン・
ウェザビー・ジョージ・デュプリー
いつもお母《かあ》さんの
面倒《めんどう》みてばかり
3歳《さい》にしてこの大人《おとな》ぶり
ジェイムズ・ジェイムズは
お母《かあ》さんにこう言《い》った
「ねえお母《かあ》さん」と一言《ひとこと》
「町《まち》の外《はず》れまで行《い》っちゃ絶対《ぜったい》にだめ
必《かなら》ず僕《ぼく》と一緒《いつしよ》に行《い》くこと」

ジェイムズ・ジェイムズ・
モリソンのお母《かあ》さんは
金色《きんいろ》のドレスでおめかしして
ジェイムズ・ジェイムズ・
モリソンのお母《かあ》さんは
町《まち》の外《はず》れまで車《くるま》でひと走《はし》りして
ジェイムズ・ジェイムズ・
モリソンのお母《かあ》さんは
自分《じぶん》に言《い》い聞《き》かせる
「町《まち》の外《はず》れまで行《い》ったとしても
ティータイムにはちゃんと間《ま》に合《あ》わせる」

ジョン王《おう》は
おふれを出《だ》した
紛失《ふんしつ》または盗難《とうなん》または失踪《しつそう》の通報《つうほう》あり！
ジェイムズ・ジェイムズ・
モリソンのお母《かあ》さんが
行方《ゆくえ》不明《ふめい》の恐《おそ》れあり
最後《さいご》に目撃《もくげき》されたのは
自分《じぶん》の意志《いし》でふらふらと
さまよいつつひとりで
町《まち》の外《はず》れまで向《む》かうところ
捜索《そうさく》求《もと》む、40シリングの見返《みかえ》りで！

ジェイムズ・ジェイムズ・
モリソン・モリソン
(ジムというのがあだ名《な》)
親戚《しんせき》のみんなに
言《い》ってまわった
「僕《ぼく》のせいにされるのは嫌《いや》だな」
ジェイムズ・ジェイムズは
お母《かあ》さんにこう言《い》った
「ねえお母《かあ》さん」と一言《ひとこと》
「町《まち》の外《はず》れまで行《い》っちゃ絶対《ぜったい》にだめ
ちゃんと僕《ぼく》に相談《そうだん》すること」

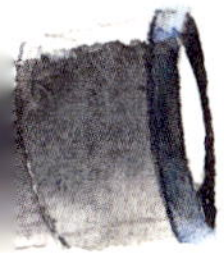

ジェイムズ・ジェイムズ・
モリソンのお母《かあ》さんは
それっきり音沙汰《おとさた》ない
ジョン王《おう》は
おくやみを言《い》いに来《き》た
女王《じょおう》と王子《おうじ》もやるせない
ジョン王《おう》は
(話《はなし》によると)
こうぼやいて困《こま》りはてた模様《もよう》
「町《まち》の外《はず》れまで行《い》かれてしまっては
いったい何《なに》をしてあげられよう?」

(ではとても小《ちい》さな声《こえ》で)
J. J.
M. M.
W. G. デュプリー
いつもおか×さ×の
めんどー見《み》てばかり
3歳《さい》にしてこの大人《おとな》ぶり
J. J. は
おか×さ×にこう言《い》った
「ねえおか×さ×」と一言《ひとこと》
「マチノハズレマデイッチャゼッタイニダメ
カナラズボクトイッショニイクコト!」

弟《おとうと》

メアリー・アン・ホーバーマン

うちの弟《おとうと》ったら
べつの弟《おとうと》と取《と》りかえたい
ほんとにもうじれったい
母《かあ》さんにそう言《い》ったら

そんなことはできません
そう言《い》われたから父《とう》さんに
やっていけない円満《えんまん》に
とっても仲《なか》良《よ》くできません

そう言《い》ったけど父《とう》さんたら
なるほどそれもわからんでもない
しかしそれは仕《し》方《かた》ない
弟《おとうと》ってのはたいていぐうたら

そう言《い》われたからうちの弟《おとうと》
ひどくないんだそれほどに
それで優《やさ》しくベッドに
連《つ》れて行《い》ったらすぐにうとうと

兄《あに》と妹《いもうと》

ルイス・キャロル

「妹《いもうと》よ、さあもう寝《ね》なさい！
疲《つか》れた頭《あたま》を休《やす》ませなさい」
たしなみぶかい兄《あに》は口《くち》うるさい

「がつんと殴《なぐ》るのやぼったい
それとも顔《かお》をひっかかれたい？」
妹《いもうと》は兄《あに》を冷《つめ》たく無《む》視《し》したい

「妹《いもうと》よ、おれを怒《おこ》らせるんじゃない
おまえをスープに煮《に》詰《つ》めるのは忍《しの》びない
蛾《が》をひねりつぶすくらい造《ぞう》作《さ》ない」

対《たい》する妹《いもうと》　目《め》をらんらん
いまから辞《じ》さぬ一《ひと》波《は》乱《らん》
きつい口《く》調《ちょう》で「やってごらん！」

たちまち兄《あに》はコックのもとへ一目散《いちもくさん》
「フライパンを貸《か》しておくれよコックさん
借《か》りたらぼくはすぐさま退《たい》散《さん》」

「聞《き》かせておくれ理《り》由《ゆう》の一《いっ》端《たん》」

「理《り》由《ゆう》なんてとっても簡《かん》単《たん》
シチューを作《つく》るがぼくの魂《こん》胆《たん》」

「中身《なかみ》はなんの舌《した》ざわり？」

「妹《いもうと》まるごとやんわりじんわり！」
「なんたる理《ことわり》！」

「フライパンを貸《か》しておくれよコックさん」
「おことわり！」

教訓《きょうくん》　妹《いもうと》をシチューにしないこと

HUGS
FURRY
OFTEN GRAY
FAST-MOVING
CANNOT BAKE COOKIES

もし赤頭巾《あかずきん》ちゃんが…

ジェフ・モス

もし赤頭巾《あかずきん》ちゃんにお父《とう》さんがいたら
あんなことにならなかった、あんな可惜《あたら》
ちゃあんとだいじなことを教《おし》えてくれたはずだ
オオカミに食《く》われるなんて世間知《せけんし》らずだ
写真《しゃしん》を2枚《まい》見《み》せてあげればよかったんだ
2枚《まい》の写真《しゃしん》はぜんぜん違《ちが》うんだ
優《やさ》しいおばあさんの写真《しゃしん》を見《み》せて言《い》うだろう
「おばあちゃんとオオカミはぜんぜん違《ちが》うだろう
おばあちゃんは抱《だ》きしめてキスしてくれる
オオカミはおまえを食《く》らうつもりで、こんな顔《かお》して現《あらわ》れる——
歯《は》がでっかい、耳《みみ》もでっかい、こんなに毛深《けぶか》い
おばあちゃんを見《み》てごらん、オオカミがおばあちゃんに似《に》てるかい？
通信簿《つうしんぼ》も立派《りっぱ》だし、おまえはとっても勉強《べんきょう》できる
だからたやすく区別《くべつ》できる
暗《くら》くならないうちにおばあちゃんの家《いえ》へ行《い》きなさい
森《もり》や公園《こうえん》に近《ちか》づかないようにしなさい
オオカミなんかとけっして話《はなし》をしちゃいけない
街《まち》を歩《ある》くときにはあの赤《あか》いのをかぶっちゃいけない」

アンドレ

グウェンドリン・ブルックス

ゆうべ見《み》た夢《ゆめ》とってもけったい
お母《かあ》さんにえらぶならどの人《ひと》
お父《とう》さんもえらんでごらん
そう言《い》われたからすっごく混乱《こんらん》
ずいぶんたくさんいるみたい
背《せ》の低《ひく》い人《ひと》に高《たか》い人《ひと》 ほっそりの人《ひと》にぽっちゃりの人《ひと》

でも目《め》がさめる前《まえ》にパッとわかった
ぴったりの父《とう》さんと母《かあ》さんが見《み》つかった

それからびっくりうれしさ発散《はっさん》
なんといつもの父《とう》さん母《かあ》さん！

親《おや》

オグデン・ナッシュ

子供《こども》ってのは無視《むし》する天才《てんさい》

親《おや》にそれを発揮《はつき》するのが親《おや》の天災《てんさい》

ふたつの言葉《ことば》

リナ・P・エスパイジャット

使《つか》い分《わ》けろと父《ちち》は言《い》う、あそこ《アジャ》ではあっちを
ここ《アキ》ではこっちを

娘《むすめ》の心《コラソン》が言葉《ことば》によって分断《ぶんだん》され
父《ちち》の過去《かこ》と関係《かんけい》ない部分《ぶぶん》が切《き》り離《はな》され

父《ちち》の記憶《きおく》や名前《ノンブレ》と共《とも》に閉《と》じ込《こ》められて
手《て》の届《とど》かない鍵《かぎ》をかけられるのではないかという怖《おそ》れに駆《か》られて

「外《そと》では英語《えいご》、中《なか》ではスペイン語《ご》」と
父《ちち》は言《い》う、「それだけのこと《イ・バスタ》」

でも、どうすれば子供《こども》の世界《ムンド》を分《わ》けられよう？
どうすれば子供《こども》の言葉《パラブラ》を分《わ》けられよう？

私《わたし》は頑固《テスタルダ》ぶりを発揮《はっき》した
密《ひそ》かに夜《よ》な夜《よ》なベッドで言葉《ことば》をひとり占《じ》めした

私《わたし》の舌《レングア》は滑《なめ》らかになった
父《ちち》がつっかえる言葉《ことば》でも　それでも心《こころ》はひとつのままだった

父《ちち》は、娘《むすめ》の筆《ふで》を誇らしい《オルグジョーソ》と思《おも》った
それでも私《わたし》のつづる文章《ベルソス》に近寄《ちかよ》らなかった

愛《いと》おしみながらも敬遠《けいえん》していた
あの言葉《ことば》を怖《おそ》れていた

バーミングハムのバラード

(1963年《ねん》アラバマ州《しゅう》バーミングハムでの教会《きょうかい》爆破《ばくは》を忘《わす》れないために)

ダドリー・ランダル

「母《かあ》さん、ダウンタウンへ行《い》っていい
遊《あそ》びに行《い》くんじゃないわ
バーミングハムの街《まち》を行進《こうしん》するの
自由《じゆう》の行進《こうしん》だからきっと平和《へいわ》」

「だめです、だめよ、いけません
牙《きば》をむき出《だ》す警察犬《けいさつけん》
棍棒《こんぼう》、ホース、銃《じゅう》、逮捕《たいほ》
小《ちい》さな子《こ》にはとっても危険《きけん》」

「でも母《かあ》さん、ひとりで行《い》くんじゃないの
ほかの子《こ》たちもいっしょだから
バーミングハムの街《まち》を行進《こうしん》するの
この国《くに》を自由《じゆう》にするためだから」

「だめです、だめよ、いけません
発砲《はっぽう》されたら大変《たいへん》でしょ
今日《きょう》は教会《きょうかい》へ行《い》く日《ひ》ですよ
児童聖歌隊《じどうせいかたい》で歌《うた》うんでしょ」

少女《しょうじょ》は黒髪《くろかみ》を梳《と》かした
バスタブにかぐわしいバラの花《はな》びらが浮《う》いていた
小さな褐色《かっしょく》の手《て》に白《しろ》い手袋《てぶくろ》をはめた
そして真《ま》っ白《しろ》な靴《くつ》を履《は》いた

母《はは》はわが子《こ》にほほ笑《え》む
この子《こ》は神聖《しんせい》な場所《ばしょ》へ行《い》くのだ
でもその顔《かお》に笑《え》みが浮《う》かんだのは
これが最後《さいご》となったのだ

爆破《ばくは》されたと聞《き》いたとき
目《め》が血走《ちばし》って顔《かお》がゆがんだ
バーミングハムの街《まち》を突《つ》っ走《ぱし》り
わが子《こ》の名《な》を呼《よ》んで叫《さけ》んだ

作法《さほう》

1918年《ねん》の子供《こども》に

エリザベス・ビショップ

祖父《そふ》がわたしに言《い》った
荷馬車《にばしゃ》にのっけてくれたとき
「かならず挨拶《あいさつ》するんだぞ
だれかに出会《であ》ったとき」

知《し》らない人《ひと》が歩《ある》いてた
祖父《そふ》の鞭《むち》が帽子《ぼうし》をかるくたたく
「こんにちは、いい天気《てんき》ですね、さようなら」
わたしもそう挨拶《あいさつ》して目《め》をしばたたく

それから知《し》り合《あ》いの男《おとこ》の子《こ》に追《お》いついた
肩《かた》にペットの大《おお》きなカラスをのせている
「乗《の》りませんかと言《い》うんだぞ
おとなになって忘《わす》れちゃ恥《は》じ入《い》る」

祖父《そふ》がそう言《い》ったのでウィリーが
乗《の》ってきたけれどもカラスったら
「カア」と鳴《な》いて飛《と》び去《さ》った　心配《しんぱい》だなあ
どうしよう、いなくなったら

でも少《すこ》しずつ先《さき》を飛《と》ぶだけ
柵柱《さくちゅう》から柵柱《さくちゅう》へと先《さき》まわりして行《い》った
そしてウィリーが口笛《くちぶえ》を吹《ふ》くとカアと答《こた》える
「いい鳥《とり》だ」と祖父《そふ》が言《い》った

「それにしつけがよい、ごらん
話《はな》しかけられるとちゃんと答《こた》えるんだ
人間《にんげん》も生《い》き物《もの》もそれがよい作法《さほう》だ
ふたりともかならずそれをわきまえるんだ」

自動車《じどうしゃ》が何台《なんだい》も追《お》い越《こ》してゆく
土《つち》ぼこりで顔《かお》が見《み》えない
でも精一杯《せいいっぱい》大声《おおごえ》で叫《さけ》ぶ「さようなら！　さようなら！」
小《ちい》さな声《こえ》では届《とど》かない

ハスラー・ヒルまで来《く》ると祖父《そふ》が言《い》った
馬《うま》がそろそろ疲《つか》れる頃《ころ》だ
だから三人《さんにん》とも降《お》りて歩《ある》いた
それが作法《さほう》の真心《まごころ》だ

愛《あい》と友《ゆう》情《じよう》

つきつめていえば、詩《し》の中心《ちゆうしん》にあるのは「人《ひと》と人《ひと》の関係《かんけい》」です。単純《たんじゆん》な詩《し》にも、難《むずか》しい詩《し》にも、愛《あい》、友情《ゆうじよう》、犠牲心《ぎせいしん》、怒《いか》り、ねたみ、切望《せつぼう》、喜《よろこ》びが描《えが》き出《だ》されています。エミリ・ディキンソンの「蜂《はち》乃《の》ブンちゃん」は、長《なが》いあいだ離《はな》ればなれになっていた友達同士《ともだちどうし》が、ひさしぶりの再会《さいかい》を楽《たの》しみにしている様子《ようす》を描《えが》いた風変《ふうが》わりな詩《し》です。一方《いつぽう》で、ラングストン・ヒューズの「邪悪《じやあく》」で描《えが》かれるのは、ほかの誰《だれ》かが苦《くる》しまなければ自分《じぶん》の機嫌《きげん》が直《なお》らない、という人《ひと》の心《こころ》にひそむ悪意《あくい》です。複雑《ふくざつ》な友情《ゆうじよう》を描《えが》いているのが、カウンティ・カレンの「活人画《かつじんが》」。公民《こうみん》権運動《けんうんどう》が幕開《まくあ》けを迎《むか》えた時代《じだい》に、人種《じんしゆ》を超《こ》えた友情《ゆうじよう》を結《むす》ぶことの重《おも》みをとらえています。また、愛《あい》や切望《せつぼう》といった強《つよ》い感情《かんじよう》が読《よ》み手《て》に迫《せま》ってくるポール・ローレンス・ダンバーの「愛《あい》への誘《いざな》い」では、どれだけ時《とき》がたっても恋人《こいびと》は現《あらわ》れず、ヘンリー・ファン・ダイクの「カトリーナの日時計《ひどけい》のために」では、時《とき》が刻《きざ》むことをやめてしまいます。

私《わたし》が特《とく》に気《き》に入《い》っている詩《し》のひとつが、「わき上《あ》がる声《こえ》」です。この本《ほん》におさめる詩《し》を一緒《いつしよ》に集《あつ》めてくれた高校生《こうこうせい》たちの作品《さくひん》です。この詩《し》は、怒《いか》りを希望《きぼう》に、言葉《ことば》を行動《こうどう》に変《か》え、社会《しやかい》に立《た》ち向《む》かうことを読者《どくしや》にも求《もと》めます。かつて詩《し》は一人《ひとり》で書《か》くものでしたが、ネットワークでつながった現代社会《げんだいしやかい》では、詩人《しじん》たちが集《あつ》まって頭《あたま》を寄《よ》せあい、創作《そうさく》し、朗唱《ろうしよう》しあうことで、とても興味深《きようみぶか》い作品《さくひん》が生《う》まれています。このように、詩《し》はその時代《じだい》の社会《しやかい》を映《うつ》し出《だ》す鏡《かがみ》でもあるのです。

蜂乃《はちの》ブンちゃん

エミリ・ディキンソン

蜂乃文子《はちのぶんこ》さま！　早《はや》く会《あ》いたいです！
きのうも言《い》ってたんだ
きみも知《し》ってるだれかさんに
そろそろ来《く》るころだって——

蛙《かえる》乃《の》ケロちゃんたちは先週《せんしゆう》帰《かえ》って来《き》ました——
みんな遊《あそ》びに行《い》かないで、勉強《べんきよう》しています——
鳥《とり》さんたちも、ほとんど戻《もど》りました——
クローバーがあったかくてふかふか——

この手紙《てがみ》は17日《にち》までには
着《つ》くでしょう　お返事《へんじ》ください
でもそれよりは、来《き》てほしいな——
敬具《けいぐ》、蠅乃文太《はえのぶんた》

必携《ひつけい》

ビリー・コリンズ

切《き》れるハサミを使《つか》ってくれ
真《ま》っ平《たい》らなテーブルにのせてくれ
それからわが人生《じんせい》を切《き》り取《と》ってくれ
そしてきみの必携《ひつけい》ノートに貼《は》りつけてくれ

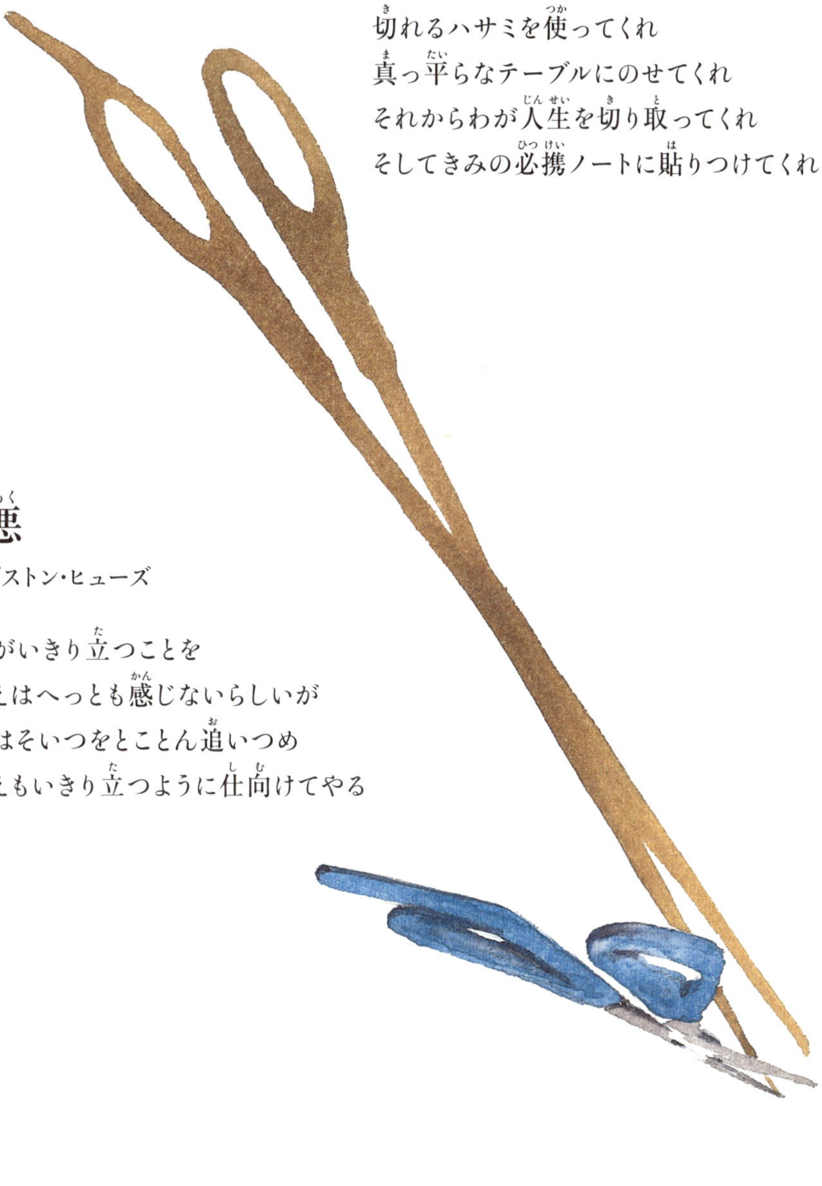

邪悪《じやあく》

ラングストン・ヒューズ

おれがいきり立《た》つことを
おまえはへっとも感《かん》じないらしいが
おれはそいつをとことん追《お》いつめ
おまえもいきり立《た》つように仕《し》向《む》けてやる

毒樹《どくじゆ》

ウィリアム・ブレイク

私《わたし》は友《とも》に腹《はら》を立《た》てた
私《わたし》は怒《いか》りを告《つ》げ、怒《いか》りは果《は》てた
私《わたし》は敵《てき》に腹《はら》を立《た》てた
私《わたし》はそれを告《つ》げず、怒《いか》りをなおも育《そだ》てた

私《わたし》は怯《おび》えつつそれに水《みず》をやった
朝《あさ》な夕《ゆう》な涙《なみだ》の水《みず》をやった
そして笑《え》み浮《う》かべてそれを陽《ひ》に当《あ》てた
柔《やわ》らかな奸計《かんけい》の陽《ひ》に当《あ》てて育《そだ》てた

それは日夜《にちや》成長《せいちよう》した
やがてそれはリンゴの実《み》を生《な》した
私《わたし》の敵《てき》はそれが輝《かがや》くのを目《ま》の当《あ》たりにして
そしてそれが私《わたし》のものであるのを理解《りかい》して

私《わたし》の庭《にわ》に忍《しの》び込《こ》む
夜《よる》の闇《やみ》がすっぽりと取《と》り囲《かこ》む
翌朝《よくあさ》私《わたし》は喜《よろこ》ばしい光景《こうけい》を目《め》にしていた
私《わたし》の敵《てき》は木《き》の下《した》でぐったりと伸《の》びていた

活人画《かつじんが》

カウンティ・カレン

腕《うで》を組《く》んで道《みち》を渡《わた》る
黒人少年《こくじんしょうねん》と白人少年《はくじんしょうねん》
昼《ひる》の金色《こんじき》の光輝《こうき》と友《とも》たる
夜《よ》の漆黒《しっこく》の誇《ほこ》らしき信念《しんねん》

低《ひく》くおろしたブラインドからうかがう黒人《こくじん》たち
こちらでは白人《はくじん》たちが眉《まゆ》ひそめる
ふたりの少年《しょうねん》にいきり立《た》ち
連《つ》れ立《だ》つふたりに顔《かお》ゆがめる

まなざしにも言葉《ことば》にも無頓着《むとんちゃく》に
歩《あゆ》むふたりは気楽《きらく》
光《ひか》る稲妻《いなずま》が剣《つるぎ》のごとくに
雷鳴《らいめい》の道《みち》を拓《ひら》く

わき上《あ》がる声《こえ》

ドリームヤード・プレップのスラム・チーム
ジェシカ・ブランドン、デスティニー・キャンベル、ミオソティ・カスティーロ、
デニース・コット、クリス・テイラー
ルネ・ワトソン編《へん》

みんなこう言《い》う
「言葉《ことば》は人《ひと》を生《い》かしも殺《ころ》しもする」と
もし本当《ほんとう》なら
言葉《ことば》は酸素《さんそ》だ

聞《き》け

耳《みみ》から息《いき》を吸《す》い込《こ》んで、コトバをつかまえて
今《いま》から言《い》うことは救《すく》いになる　聞《き》け

あの音《おと》が聞《き》こえるか？
わき上《あ》がる100万人《まんにん》の声《こえ》

声《こえ》がわき上《あ》がるのは
オスカー・グラントのため
ブラック・フライデーの虐殺《ぎゃくさつ》のため
異国《いこく》生《う》まれの祖父《そふ》と祖母《そぼ》のため
幼《おさな》い少女《しょうじょ》や少年《しょうねん》のため
母《はは》のため、叔父《おじ》のため
中絶《ちゅうぜつ》された子《こ》、棄《す》てられた子《こ》のため

恐怖《きょうふ》で口《くち》を封《ふう》じられた者《もの》のために声《こえ》が上《あ》がる
何《なに》かを選《えら》んだことによって、何《なに》かを知《し》らなかったことによって
恥《はじ》、死《し》
聞《き》け

オスカー・グラントよ
あなたが戦《たたか》えなかった戦《たたか》いを引《ひ》き継《つ》ごう
煮《に》えたぎるあの感情《かんじょう》に、こう言《い》え「僕《ぼく》の心《こころ》に居座《いすわ》るな
行《い》け、去《さ》れ、二度《にど》と戻《もど》るな
白人《はくじん》に生《う》まれなかったのは罪《つみ》じゃない」

どうしても変《か》えられないものだというのだろうか？
暗《くら》い色《いろ》の肌《はだ》から鮮血《せんけつ》がセメントにしたたるも、ただの事故《じこ》
これが何度《なんど》くり返《かえ》されなければならないのか？

聞《き》け

ブラック・フライデーの虐殺《ぎゃくさつ》のために声《こえ》が上《あ》がる
現代《げんだい》によみがえったゲルニカのために

夕方《ゆうがた》のニュースに出《で》てこない悲劇《ひげき》のために声《こえ》が上《あ》がる
途上国《とじょうこく》の子供《こども》たちのために声《こえ》が上《あ》がる
教育《きょういく》がない、食《た》べるものもない
子供《こども》たちの苦《くる》しみは新聞《しんぶん》に載《の》らない
紙面《しめん》をにぎわすのはロドリゲス選手《せんしゅ》の薬物問題《やくぶつもんだい》
それからセレブの激太《げきぶと》りと別《わか》れ話《ばなし》

聞《き》け
人《ひと》それぞれの悩《なや》みがあるのはわかるけど
どうしても聞《き》いてほしい

まだ大人《おとな》じゃないからって無視《むし》された
何千人《なんぜんにん》という子供《こども》たちと同《おな》じ運命《うんめい》をたどるのか？

聞《き》け

男《おとこ》の欲望《よくぼう》のなかに閉《と》じ込《こ》められた少女《しょうじょ》たちのために声《こえ》が上《あ》がる
自分《じぶん》で主張《しゅちょう》できない幼《おさな》い子《こ》のために声《こえ》が上《あ》がる

少女《しょうじょ》たちよ、純潔《じゅんけつ》を失《うしな》ったときの
その叫《さけ》びをかき消《け》すために、声《こえ》を上《あ》げよう
風《かぜ》で吹《ふ》きよせられたガラスの破片《はへん》のように
少女《しょうじょ》たちの叫《さけ》びが肺《はい》に突《つ》き刺《さ》さる

けっして心地《ここち》良《よ》い言葉《ことば》ではない
おいしい薬《くすり》なんてありえないのと同《おな》じ
でも、約束《やくそく》する
や・く・そ・く・す・る
この言葉《ことば》を聞《き》けば、きっと良くなる

聞《き》けばきっと良《よ》くなる、希望《きぼう》の音《おと》を
変化《へんか》の音《おと》を
それはある男《おとこ》と「イエス、ウィー・キャン」という言葉《ことば》とともに現《あらわ》れた
でも希望《きぼう》を生《う》み出《だ》したのは
私《わたし》と私《わたし》
そして私《わたし》たち
何世紀《なんせいき》も前《まえ》から、詩人《しじん》たちは変化《へんか》を謳《うた》いつづけてきた
散文《さんぶん》や詩《し》で革命《かくめい》を叫《さけ》んできた
はるか昔《むかし》にまかれた言葉《ことば》の種《たね》が
ようやく育《そだ》って刈《か》り入《い》れを迎《むか》えた

だから聞《き》け

これは未来《みらい》のため
明日《あす》のため
この吐息《といき》が、歴史《れきし》の教科書《きょうかしょ》を書《か》き換《か》えるインクとなる
明日《あす》が未来《みらい》を乗《の》り切《き》れるように、今日《きょう》の声《こえ》をつかまえる

聞《き》け
鼓膜《こまく》を貸《か》してほしい
お釣《つ》りはいらない
お金《かね》がほしいわけじゃない
心《こころ》がほしいだけ

耳《みみ》を傾《かたむ》けてほしいだけ
聞《き》いてほしいだけ

聞《き》いて、語《かた》れ
自分《じぶん》の物語《ものがたり》を語《かた》れ
ほかの誰《だれ》かの物語《ものがたり》を語《かた》れ

植《う》える言葉《ことば》が見《み》つからないのなら
この言葉《ことば》の種《たね》をまけ
言葉《ことば》を育《そだ》て
それに呼応《こおう》する100万人《まんにん》の声《こえ》を聞《き》かせてほしい
耳《みみ》を傾《かたむ》けていた証拠《しょうこ》に

満開《まんかい》になった声《こえ》を聞《き》かせてほしい
そうしたらラングストンに伝《つた》える
先延《さきの》ばしになった夢《ゆめ》がすべてかなうと

聞《き》け
もう聞《き》こえるだろう？
わき上《あ》がる声《こえ》が

聞《き》け
じゃまするものはいらない
iPodやゲーム
テレビのリアリティ番組《ばんぐみ》
メールや携帯電話《けいたいでんわ》

聞《き》け

もう聞《き》こえるだろう？
わき上《あ》がる声《こえ》が

エル・バリオのみんな、聞《き》いているか？
ニューヨークのみんな、聞《き》いているか？

それとも電波《でんぱ》が悪《わる》くて聞《き》こえない？

天《てん》の羽衣《はごろも》

ウィリアム・バトラー・イェーツ

叶《かな》わぬとも絢爛《けんらん》たる天《てん》の羽衣《はごろも》
織《お》り成《な》して燦然《さんぜん》と輝《かがや》く金糸銀糸《きんしぎんし》の光《ひかり》
紺《こん》と黄《き》と鈍色《にびいろ》の羽衣《はごろも》
夜《よる》と昼《ひる》と黄昏《たそがれ》を彩《いろど》る光《ひかり》
ひろげて夢見《ゆめみ》るは歩《ほ》を進《すす》めるきみの足《あし》
だが貧《まず》しきゆえ有《あ》るはただ連《つら》なるわが夢《ゆめ》
ひろげて待《ま》つはきみの踏《ふ》み出《だ》す足《あし》
われは希《こいねが》う、わが夢《ゆめ》の連《つら》なりを踏《ふ》みしだくことなく歩《あゆ》め

夢《ゆめ》の預《あずか》り番《ばん》

ラングストン・ヒューズ

きみの夢《ゆめ》をぜんぶもってこい
夢《ゆめ》見《み》るきみの夢《ゆめ》を
きみの心《こころ》の
旋《せん》律《りつ》をぜんぶ
おれがくるんでやろう
青《あお》いふんわり雲《くも》の布《ぬの》で
この世《よ》のざらざら荒《あ》れた指《ゆび》から
守《まも》ってやろう

ある幸《しあわ》せ

ジェイムズ・ライト

ミネソタのロチェスターに至《いた》るハイウェイをちょっと外《はず》れて
夕暮《ゆうぐ》れがやわらかに草地《くさち》を跳《は》ねてくる
そして二頭《にとう》のインディアンポニーの目《め》が
優《やさ》しさをたたえて翳《かげ》る
二頭《にとう》は柳《やなぎ》の木立《こだち》からうれしそうに駆《か》け出《だ》してきて
ぼくの友《とも》とぼくを迎《むか》える
ぼくらは刺線《ばらせん》をまたいで牧草地《ぼくそうち》に入《はい》る
二頭《にとう》だけで一日中草《いちにちじゅうくさ》を食《は》んでいたところだ
馬体《ばたい》がぴくぴくと波打《なみう》ち
ぼくらのきたうれしさを
おさえきれないでいる
濡《ぬ》れそぼつ白鳥《はくちょう》みたいにはにかむように頭《あたま》を下《さ》げる　二頭《にとう》は愛《あい》し合《あ》っているのだ
こんな素晴《すば》らしい孤立感《こりつかん》はない
ふたたびくつろいで
暗《くら》がりの中《なか》で春《はる》の若草《わかくさ》を食《は》み始《はじ》める
細身《ほそみ》のほうの牝《めす》をこの腕《うで》で抱《だ》いてやりたくなる
この牝《めす》がぼくのほうへ近《ちか》づいてきて
鼻《はな》をぼくの左手《ひだりて》にこすりつけたからだ
黒《くろ》と白《しろ》のぶちだ
たてがみがひたいに乱《みだ》れる
かろやかな風《かぜ》にうながされてその牝馬《めすうま》の長《なが》い耳《みみ》をなでてやる
少女《しょうじょ》の手首《てくび》のようにたおやかだ
ふとぼくは気《き》づく
もしこの肉体《にくたい》から抜《ぬ》け出《だ》したなら
ぼくはパッと花咲《はなさ》くだろう

愛《あい》への誘《いざな》い

ポール・ローレンス・ダンバー

来《き》たれ、星《ほし》のきらめく明《あか》るい夜《よる》
来《き》たれ、月《つき》の円《まろ》やかに照《て》らす夜《よる》
来《き》たれ、太陽《たいよう》が金色《きんいろ》の芒《のぎ》を
干《ほ》し草畑《くさばたけ》の山吹色《やまぶきいろ》に落《お》とすとき
来《き》たれ、灰白《はいじろ》に和《やわ》らぐたそがれだろうと
来《き》たれ、夜《よる》だろうと昼《ひる》だろうと
おお愛《あい》よ、きみがいつ来《こ》ようと
ぼくは歓迎《かんげい》だ、大歓迎《だいかんげい》だ

おお愛《あい》よ、優《やさ》しききみの心《こころ》づかい
巣《す》ごもりする鳩《はと》のようにきみは柔《やわ》らかい
来《き》たれ、ぼくの心《こころ》を和《なご》めるように
待《ま》ち受《う》ける巣《す》に鳥《とり》が舞《ま》い戻《もど》るように

来《き》たれ、ぼくの心《こころ》に悲《かな》しみが満《み》ちるとき
ぼくの心《こころ》がはしゃぐとき
来《き》たれ、落葉《おちば》とともに
赤《あか》く熟《う》れるチェリーとともに
来《き》たれ、蕾《つぼみ》のはじける年《とし》の最初《さいしょ》の開花《かいか》とともに
来《き》たれ、夏《なつ》のまぶしい光輝《こうき》とともに
来《き》たれ、ちらつく冬《ふゆ》の雪《ゆき》とともに
ぼくは歓迎《かんげい》だ、大歓迎《だいかんげい》だ

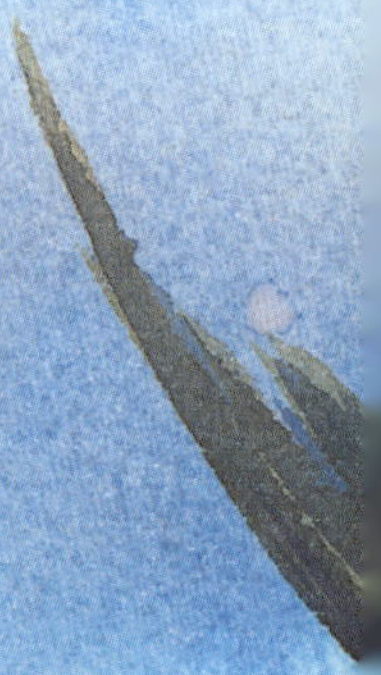

コリント人《びと》への第一《だいいち》の書簡《しよかん》
第《だい》13章《しよう》1節《せつ》～8節《せつ》

聖《せい》パウロ

たとえ私《わたし》が人《ひと》の言葉《ことば》と天使《てんし》の言葉《ことば》をもって語《かた》るとしても、
愛《あい》がなければ、私《わたし》はやかましい鉦《かね》か騒《さわ》がしい銅鑼《どら》になってしまう。
たとえ私《わたし》が預言《よげん》の賜物《たまもの》を授《さず》かっているとしても、すべての秘蹟《ひせき》と
すべての知識《ちしき》を理解《りかい》しているとしても、山《やま》を動《うご》かすほどの
信仰《しんこう》を持《も》っているとしても、愛《あい》がなければ、私《わたし》は無《む》である。
たとえ私《わたし》が全財産《ぜんざいさん》を貧《まず》しき人々《ひとびと》にほどこし、
たとえ私《わたし》がこの身《み》を捧《ささ》げて焼《や》かれるとしても、
愛《あい》がなければ、いっさいは無益《むえき》である。
　愛《あい》は長《なが》く堪《た》え忍《しの》び、優《やさ》しい。愛《あい》は妬《そね》まない。
愛《あい》は驕《おご》らず、高《たか》ぶらない。乱暴《らんぼう》なふるまいをせず、
己《おのれ》の利《り》を求《もと》めず、憤《いきどお》らず、悪《あく》を巧《たく》まない。
非道《ひどう》を喜《よろこ》ばず、真理《しんり》を喜《よろこ》ぶ。
すべてのことを辛抱《しんぼう》し、すべてのことを信《しん》じ、
すべてのことを希望《きぼう》し、すべてのことを忍耐《にんたい》する。
　愛《あい》はけっして絶《た》えない。

カトリーナの日時計《ひどけい》のために

ヘンリー・ファン・ダイク

時《とき》は過《す》ぎゆく
　花《はな》は枯《か》れゆく
毎日《まいにち》が新《あら》たに
新《あら》たな姿《すがた》に
ただ過《す》ぎゆく！
愛《あい》はなお変《か》わらぬ明日《あした》に

時《とき》は在《あ》り
待《ま》つ者《もの》にはのろすぎる
恐《おそ》れる者《もの》には速《はや》すぎる
悲《かな》しむ者《もの》には長《なが》すぎる
喜《よろこ》ぶ者《もの》には短《みじ》かすぎる
　しかし愛《あい》する者《もの》たちに
　　時《とき》は無《な》い

自由《じゆう》

ジャネット・S・ワン

わたしは受諾《じゅだく》を誓《ちか》います
さまざまに異《こと》なる
見解《けんかい》の違《ちが》いがあればこそ
アメリカであることを

聞《き》くも見《み》るも
考《かんが》えるも学《まな》ぶも

ひとつの国民《こくみん》が
地球《ちきゅう》を他《た》の国民《こくみん》と共有《きょうゆう》して
万人《ばんにん》に対《たい》して
自由《じゆう》と
正義《せいぎ》の
責任《せきにん》を担《にな》うことを

妖精《ようせい》、鬼《おに》、魔女《まじょ》

あらゆるものが画一化《かくいつか》された今日《こんにち》の世界《せかい》では、エルフといえば緑色《みどりいろ》の小《ちい》さな上着《うわぎ》を着《き》てサンタのためにおもちゃを作《つく》るし、妖精《ようせい》といえばみんなティンカーベルのような姿《すがた》をしています。でも昔《むかし》からそうだったわけではありません。

私《わたし》たちが自然《しぜん》から離《はな》れて生《い》きるようになる前《まえ》、自然《しぜん》の猛威《もうい》は、人間《にんげん》にたとえて表《ひょう》現《げん》されていました。ギリシア神話《しんわ》の神々《かみがみ》は、人《ひと》の姿《すがた》と超自然的《ちょうしぜんてき》な姿《すがた》を行《い》き来《き》して、人々《ひとびと》の運命《うんめい》に干渉《かんしょう》します。アイルランドのレプラコーンも、こっそり人間《にんげん》にいたずらすることで、私《わたし》たちの社会《しゃかい》に予期《よき》せぬできごとや混乱《こんらん》をもたらします。現代《げんだい》では、犯罪《はんざい》や事故《じこ》があれば科学技術《かがくぎじゅつ》に頼《たよ》りますが、昔《むかし》は何《なに》かひどいことが起《お》きると、妖精《ようせい》や小人《こびと》、トロール、鬼《おに》のせいにされていました。そういった存在《そんざい》が、子供《こども》をさらって何年《なんねん》も監禁《かんきん》したり、毒《どく》を盛《も》ったりすると考《かんが》えられていたのです。

エルフや妖精《ようせい》は、現代《げんだい》の詩《し》にはあまり登場《とうじょう》しなくなったかもしれませんが、いまなお抜群《ばつぐん》の人気《にんき》を誇《ほこ》ります。ローズ・ファイルマンの「妖精《ようせい》さんたち」とロバート・グレイヴズの「妖精《ようせい》の子《こ》になりたいな」を読《よ》めば、妖精《ようせい》たちの魅力《みりょく》がわかるでしょう。これらの詩《し》では、想像力《そうぞうりょく》を駆使《くし》して、現実《げんじつ》とはまったく違《ちが》う世界《せかい》が生《い》き生《い》きと描《えが》かれています。想像《そうぞう》する力《ちから》というのは、私《わたし》たちみんなにそなわっている大切《たいせつ》なものなのです。

ちび妖精《ようせい》エルフ

ジョン・ケンドリック・バングズ

ちび妖精《ようせい》エルフのおとなに会《あ》ったことあるよ
　咲《さ》きほこる百合《ゆり》の花《はな》に隠《かく》れてたよ
どうしてそんなにちびなのって聞《き》いちゃった
　どうして大《おお》きくならないのって言《い》っちゃった

そしたらしかめっ面《つら》をして片目《かため》でしげしげ
　ぼくを見《み》つめて首《くび》かしげ
「わたしはわたしなりに大《おお》きいさ
　きみがきみなりに大《おお》きいのと同《おな》じさ」

妖精《ようせい》さんたち

ローズ・ファイルマン

お庭《にわ》のいちばん奥《おく》に妖精《ようせい》さんたちがいる！
　そんなに遠《とお》くじゃなくて
庭師《にわし》さんの小屋《こや》を通《とお》り過《す》ぎてまっすぐ行《い》くの
　妖精《ようせい》さんたち　ずっと住《す》んでくれるといいな
小《ちい》さな森《もり》に苔《こけ》が生《は》えてて甲虫《かぶとむし》さんたちが遊《あそ》んでる
　小《ちい》さな小川《おがわ》がそっと流《なが》れてる
妖精《ようせい》さんたちがお祭《まつ》りをするなんて思《おも》わなかったでしょ——
　　でも、そうなの

お庭《にわ》のいちばん奥《おく》に妖精《ようせい》さんたちがいる！
　夏《なつ》の夜《よる》には跳《と》んだり跳《は》ねたり
蝶々《ちょうちょう》さんや蜂《はち》さんたちがひらひらぶんぶん
　兎《うさぎ》さんたちがまわりをかこんで明《あ》かりを照《て》らしてる
知《し》ってた？　兎《うさぎ》さんは月《つき》の光《ひかり》に座《すわ》れるのよ
　そして小《ちい》さなお星《ほし》さまをつかんで扇《おうぎ》にしちゃう
そして跳《と》んだり跳《は》ねたりしてお空《そら》の中《なか》に消《き》えちゃう
　　そう、そんなことができるの

お庭《にわ》のいちばん奥《おく》に妖精《ようせい》さんたちがいる！
　妖精《ようせい》さんたちどんなに美《うつく》しいか想像《そうぞう》できないかもね
みんな立《た》ち上《あ》がって歌《うた》を歌《うた》ってると妖精《ようせい》の女王様《じょおうさま》と王様《おうさま》が
　車《くるま》に乗《の》ってふんわりふんわり降《お》りてきます
王様《おうさま》は堂々《どうどう》としてとっても立派《りっぱ》
　女王様《じょおうさま》は——それは誰《だれ》なのかもうわかった？
(昼間《ひるま》はずっと女《おんな》の子《こ》、でも夜《よる》になるとすーっといなくなります)
　　そうよ——それは、あたしです！

妖精《ようせい》の子《こ》になりたいな

ロバート・グレイヴズ

妖精《ようせい》の子《こ》は窮屈《きゅうくつ》じゃない
身《み》だしなみにしばられない
食事《しょくじ》も煖炉《だんろ》もなくていい
思《おも》う存分《ぞんぶん》遊《あそ》んでいい
ポケットじゃらじゃら金貨《きんか》をゆする
七歳《ななつ》になったら結婚《けっこん》もする
どの子《こ》も飼《か》ってるポニーが二頭《にとう》
なんとなんと羊《ひつじ》は十頭《じっとう》
どの子《こ》も家《いえ》が一軒《いっけん》ずつってそんなの奇跡《きせき》
家《いえ》は煉瓦《れんが》か大理石《だいりせき》
毎食《まいしょく》チェリーで遊《あそ》び放題《ほうだい》いいないいな
妖精《ようせい》の子《こ》になりたいな

誰《た》そ彼《かれ》

ウォルター・デ・ラ・メア

誰《だれ》かが来《き》てとんとん叩《たた》く
　ぼくんちのちっこいちっこいドアを
誰《だれ》かが来《き》てとんとん叩《たた》く
　ぼくだって、ぼくだって、つよい益荒男《ますらお》
聞《き》こえるぞ、開《あ》けるぞ
　右《みぎ》をちらり、左《ひだり》をちらりと
でも夜明《よあ》けが遠《とお》い外《そと》は
　ただひたすらひっそりと
壁《かべ》の向《む》こうでこつこつと
　かぶとむしの頭《あたま》がぶつかり
森《もり》の奥《おく》からほうほうと
　みみずくの呼《よ》び声《こえ》がかかり
口笛《くちぶえ》のようにひゅうひゅうと
　鳴《な》くこおろぎに露《つゆ》が光《ひか》り
ぼくんちのドアを叩《たた》くのは誰《だれ》
　まったく、まったく、謎《なぞ》ばかり

ベッドの下《した》

ペニー・トルジンカ

怖《こわ》い緑色《みどりいろ》のお化《ば》けが
ベッドの下《した》に住《す》みついているの
長《なが》い白《しろ》い歯《は》をカチャカチャ鳴《な》らして
腹《はら》へったぜとせまってくるの
ベッドにもぐってぶるぶるふるえて
ぎゅーっと目《め》をつむる
じっと動《うご》かないでいれば
きっと今夜《こんや》は食《た》べられない…
するとポンと肩《かた》を叩《たた》く
わっ、どうしよう
するとあたしを見《み》て「ぼく怖《こわ》いよう!
ね、いっしょに寝《ね》ていい?」

なんだ？

フローレンス・パリー・ハイド

なんだ？
だれだ？
すっごいでっかいぞぞぞぞっとするのが
二階《にかい》にもぞもぞ上《あ》がってくる！
でっかい大《おお》きなおっそろおっそろしいのが
もじゃもじゅもじょの毛《け》むくじゃら！
ぎょぎょっぶるるっおっかない
ねばねばの目《め》が七《なな》つ！
ぬらぬらぬめぬめの蛸《たこ》の足《あし》みたい
どでかいのが！
ぬるぬるっと部屋《へや》に入《はい》ってきた
上《うえ》からかがみこんで
思《おも》ってるのかな
ぼくを食《く》ったらうまそうだって

『女王《じよおう》たちの仮面劇《かめんげき》』より

ベン・ジョンソン

十一人《じゆういちにん》の魔女《まじよ》が踊《おど》り始《はじ》める（これは魔女会《まじよかい》の集《あつ》まりでは通常《つうじよう》の儀式《ぎしき》で、覆面《ふくめん》や仮面《かめん》を着《つ》けていることもある）。突如《とつじよ》、そのひとりが魔女《まじよ》の長《おさ》とはぐれ、一同《いちどう》を制《せい》して次《つぎ》の口上《こうじよう》を述《の》べる。

梟《ふくろう》、蝙蝠《こうもり》、蟾蜍《ひきがえる》がいる
　山猫《やまねこ》もいる
蟻《あり》と土竜《もぐら》が両方《りようほう》とも穴《あな》にもぐっている
　蛙《かえる》が泉《いずみ》から覗《のぞ》く
犬《いぬ》たちが吠《ほ》え、タンバリンがひびく
　紡錘《つむ》が回転《かいてん》している
月《つき》は赤《あか》く、星《ほし》たちは消《き》えた
　しかし空《そら》は燃《も》えている
溝《みぞ》はできた、われらの爪《つめ》は鋤《すき》
蠟《ろう》と羊毛《ようもう》にふくらむ人形《にんぎよう》あり
その肝《きも》にわたしがずぶずぶ針《はり》を突《つ》き刺《さ》す
奔流《ほんりゆう》を起《お》こすには生《い》き血《ち》が無《な》いだけ
　早《はや》く、女王様《じよおうさま》、あなたのお力《ちから》を
　拍車《はくしや》を、拍車《はくしや》を、岩燕《いわつばめ》にまたがって
　愉快《ゆかい》に、愉快《ゆかい》に、岩燕《いわつばめ》を急《せ》かして
　蚯蚓《みみず》をくわえさせて尾《お》に山査子《さんざし》をぶらさげて
　上《うえ》に燃《も》える火《ひ》、下《した》に燃《も》える火《ひ》
　鞭《むち》を振《ふ》り振《ふ》り岩燕《いわつばめ》を急《せ》かす
　ああ、いらっしゃった！
　みんな黙《だま》ろう

ここで女王《じよおう》が登場《とうじよう》。腕《うで》をあらわに見《み》せ、裸足《はだし》、衣装《いしよう》のすそをたくしこみ、もつれた髪《かみ》に何匹《なんびき》もの蝮《まむし》をからみつかせ、死人《しにん》の腕《うで》でこしらえた松明《たいまつ》の炎《ほのお》を掲《かか》げ、腰《こし》に一匹《いつぴき》の蛇《へび》を巻《ま》き付《つ》けている。

人《ひと》食《くい》鬼《おに》たちの歌《うた》

W･H･オーデン

おい、ちっこいの、笑《わら》わせるじゃねえか
もうそのへんでやめとかねえか
　素《す》っ裸《ぱだか》になっちまうぜ
お母《かあ》ちゃんのとこへ、はい、さいなら
おれらのことを邪魔《じゃま》しようもんなら
　こっぴどい目《め》にあうぜ

正直《しょうじき》の徳《とく》なんてのは世間《せけん》のたわごと
それが最後《さいご》に勝《か》つなんてのは絵空事《えそらごと》
　いやはや笑《わら》えるぜ
人生《じんせい》てのは見《み》てのとおりこれが現状《げんじょう》
愛《あい》が勝《か》つとは本《ほん》の中《なか》のただの口上《こうじょう》
　ここじゃ裏返《うらがえ》るぜ

おれらは冗談《じょうだん》言《い》ってるんじゃない
おまえの前《まえ》にも来《き》たのが少《すく》なくない
　地獄《じごく》の沙汰《さた》がその末路《まつろ》だ
なに、まだおれらを敵《てき》に回《まわ》したいか？
ならば相手《あいて》になろうじゃないか
　望《のぞ》むところだ！

いつも希望《きぼう》を持《も》ってだっけな
明日《あす》までさんざん吠《ほ》え哮《たけ》な
　それがおれらの仕掛《しか》けた罠《わな》
夜明《よあ》けを見《み》ることないだろよ
生《う》まれてきたのを悔《く》いるだろよ
　こんなざまになるとはな

城壁《じょうへき》に峭壁《しょうへき》に光輝《こうき》が落《お》ちる

アルフレッド・テニスン卿《きょう》

城壁《じょうへき》に峭壁《しょうへき》に光輝《こうき》が落《お》ちる
冠雪《かんせつ》の悠久《ゆうきゅう》の頂上《ちょうじょう》に光《ひかり》の条《すじ》を列《つら》ねる
水面《みなも》満《み》ちる湖《みずうみ》に長《なが》い光《ひかり》の揺《ゆ》れて
激《はげ》しく躍《おど》る瀑布《ばくふ》が跳《は》ねる
吹《ふ》け、喇叭《らっぱ》よ、吹《ふ》け、躍《おど》る木霊《こだま》が飛《と》びゆく
吹《ふ》け、喇叭《らっぱ》よ、答《こた》えよ、木霊《こだま》ら、消《き》えゆき、消《き》えゆき、消《き》えゆく

おお聞《き》け、おお聞《き》け、奇景《きけい》にか細《ぼそ》く透明《とうめい》に
なおもか細《ぼそ》く透明《とうめい》に鳴《な》りゆく！
おお優《やさ》しく、懸崖《けんがい》から嶮崖《けんがい》のかなたへ
エルフランドの角笛《つのぶえ》らがひびきゆく！
吹《ふ》け、答《こた》える峡谷《きょうこく》が茜色《あかねいろ》に染《そ》まりゆく
吹《ふ》け、喇叭《らっぱ》よ、答《こた》えよ、木霊《こだま》ら、消《き》えゆき、消《き》えゆき、消《き》えゆく

おお恋人《こいびと》よ、木霊《こだま》らはかなたの色濃《いろこ》い大空《おおぞら》に消《き》えゆき
丘《おか》に野《の》に川面《かわも》に絶《た》ゆ
われらの木霊《こだま》は魂《たましい》から魂《たましい》へと玉響《たまゆら》たゆたい
やがて永久《とわ》に永久《とわ》におおきく応《こた》ゆ
吹《ふ》け、喇叭《らっぱ》よ、吹《ふ》け、激《はげ》しく躍《おど》る木霊《こだま》が飛《と》びゆく
答《こた》えよ、木霊《こだま》ら、答《こた》えよ、消《き》えゆく、消《き》えゆく、消《き》えゆく

言葉《ことば》の遊《あそ》び

アメリカでは、子供《こども》がはじめて覚《おぼ》える詩《し》といえば、エドワード・リアの「おじさんつねづね野《の》ウサギさらう」のようなリメリック*や、ルイス・キャロルの『鏡《かがみ》の国《くに》のアリス』に登場《とうじよう》する「トウィードルダムとトウィードルディー」のような脚韻詩《きやくいんし》でしょう。言葉《ことば》や響《ひび》き、韻《いん》やリズムの絶妙《ぜつみよう》な組《く》み合《あ》わせのおかげで、とても簡単《かんたん》に暗記《あんき》できるからです。こうした詩《し》をとおして、子供《こども》は言葉《ことば》を身《み》につけ、その奥《おく》深《ぶか》い世界《せかい》に足《あし》を踏《ふ》み入《い》れるのです。成長《せいちよう》するにつれ、暗唱《あんしよう》できる詩《し》よりも、記憶《きおく》だけで歌《うた》える歌《うた》の数《かず》のほうが多《おお》くなってくるでしょう。詩《し》は歌《うた》とは違《ちが》うと思《おも》われるかもしれませんが、そもそも詩《し》はメロディに乗《の》せて歌《うた》われていたのです。そのほうが頭《あたま》に入《はい》ってきやすいからです。

この章《しよう》には、言葉《ことば》とその使《つか》い方《かた》について考《かんが》えさせてくれる詩《し》をおさめました。「膝《ひざ》小僧《こぞう》の小僧《こぞう》にはどこへ行《い》けば会《あ》える？」といったおかしな質問《しつもん》が、考《かんが》えるきっかけとなってくれます。アメリカ桂冠詩人《けいかんしじん》だったリチャード・ウィルバーの「ことばの中《なか》にことばあり」にも同《おな》じような質問《しつもん》が登場《とうじよう》します。また、キャサリーン・パイルの「おもちゃたちの世間話《せけんばなし》」は、夜《よる》になっておもちゃに命《いのち》が吹《ふ》き込《こ》まれた子供部屋《こどもべや》を描《えが》いています。子供《こども》たちはよく、おもちゃが言葉《ことば》を話《はな》せると言《い》い出《だ》して、「気《き》のせいだよ」と諭《さと》されるものです。でも、どうしてもそうだと言《い》い張《は》るなら、もしかすると……？

＊５行《ぎよう》で構成《こうせい》される定型詩《ていけいし》。１・２・５行目《ぎようめ》、３・４行目《ぎようめ》がそれぞれ韻《いん》を踏《ふ》む。ユーモラスな内容《ないよう》のものが多《おお》い。

とんちんかんな質問《しつもん》

アメリカ民謡《みんよう》

ウィリアム・コウル翻案《ほんあん》

膝小僧《ひざこぞう》の小僧《こぞう》にはどこへ行《い》けば会《あ》える？
謎《なぞ》を解《と》く鍵《かぎ》は髪《かみ》を解《と》く櫛《くし》？
目《め》の中《なか》に入《い》れても痛《いた》くないって、教科書《きようかしよ》のこと？
学校《がつこう》で見《み》ても痛《いた》くもかゆくもないもん！
おかんむりって、どんな宝石《ほうせき》をかざるの？
鼻《はな》に掛《か》けるやつの鼻《はな》を明《あ》かすって、危《あぶ》ない橋《はし》を鼻《はな》に架《か》けること？
あごを出《だ》すときって
爪先《つまさき》に釘《くぎ》を刺《さ》されるの？
肘鉄砲《ひじでつぽう》の弾《たま》をぶっ放《ぱな》したら刑務所《けいむしよ》行《い》き？
片肘《かたひじ》張《は》れば肩肘《かたひじ》張《は》れる？
風切《かぜき》るときの肩《かた》の刃《は》はどうやって研《と》ぐ？
そんなの知《し》るか——きみはどう？
手《て》の裏《うら》を返《かえ》すと癒《いや》しの椰子《やし》の葉《は》になる？
鼓膜《こまく》って、太鼓《たいこ》みたいに叩《たた》ける耳《みみ》の横幕《よこまく》？
足《あし》のふくらはぎって、足《あし》の肉刺《まめ》のふくらみはぎとる？

へんちくりんなとんちんかんばっかり！

南国《なんごく》のバナナ

作者不詳《さくしゃふしょう》

南国《なんごく》のバナナにお日《ひ》さま照《て》りつけた
バッタが一匹《いっぴき》　象《ぞう》さんの足《あし》を踏《ふ》みつけた
象《ぞう》さん両目《りょうめ》に大粒《おおつぶ》涙《なみだ》
「いじめないでよ　ぼくの頼《たの》みだ」

おっさんお庭《にわ》でいつものうのう

エドワード・リア

おっさんお庭《にわ》でいつものうのう
誰《だれ》にもかれにも「すまんがのう」
「なんでしょうか？」
「それが微笑《びしょう》か！
わしの庭《にわ》に居着《いつ》くは不可能《ふかのう》」

おじさんつねづね野《の》ウサギさらう

エドワード・リア

おじさんつねづね野《の》ウサギさらう
そしてこれをむしゃむしゃ食《く》らう
あるとき一気《いっき》に 18羽《わ》なり
これじゃ胃袋《いぶくろ》もうげんなり
きっぱりやめてすっかり恥《は》じらう

赤《あか》ん坊《ぼう》がマイクロチップをのみこんだ

ニール・レヴィン

赤《あか》ん坊《ぼう》がマイクロチップをのみこんだ
ペットボトルの水《みず》のんだ
ごくごくのんでピーッと入力《にゅうりょく》
ごくごく増《ま》す増《ま》す思考力《しこうりょく》

まずはイロハのダウンロード
カチャカチャあやつるキーボード
ごみくず事実《じじつ》も許容《きょよう》のメモリ
パパの税金《ぜいきん》しっかり見《み》つもり

好調《こうちょう》順調《じゅんちょう》ドライブの処理《しょり》
奮闘《ふんとう》しつつ汗《あせ》ぐっしょり
余裕《よゆう》の内蔵《ないぞう》ギガバイト
無《な》い歯《は》食《く》いしばってこれ幸《さいわ》いと

得意《とくい》になったらバグ発生《はっせい》の大騒動《だいそうどう》
あわてて急《いそ》いで再起動《さいきどう》
うまくいったワーム駆除《くじょ》
赤《あか》ん坊《ぼう》までまるごと削除《さくじょ》

トウィードルダムとトウィードルディー

『鏡《かがみ》の国《くに》のアリス』より

ルイス・キャロル

トウィードルダムとトウィードルディー
　一戦《いっせん》やるかと話《はなし》がついた
トウィードルダムの気《き》に入《い》らんのはトウィードルディー
　新品《しんぴん》がらがら傷《きず》がついた

そこへぱたぱた怪物《かいぶつ》鴉《からす》
　真《ま》っ黒《くろ》けにはタール樽《だる》もおったまげる
両《りょう》勇士《ゆうし》をば怖《こわ》がらす
　喧嘩《けんか》を忘《わす》れてすたこら逃《に》げる

ハーバート・グラーベット

ジャック・プリラツキー

ハーバート・グラーベットはまるっぽちゃ
シャーベットにぱくつく仕草《しぐさ》がちとやんちゃ
50ポンドのシャーベット
平《たい》らげちゃったグラーベット

そのとろとろをぺろぺろなめなめ
グラーベット君《くん》ねむたげな目《め》
とろとろ寝入《ねい》って体《からだ》がとろけて
とろけの中《なか》からなにか生《い》きもの顔出《かおだ》しかけて――

無気味《ぶきみ》なグリーンのその生《い》きもの
この世《よ》が見《み》たことのない恐《おそ》ろしきもの
こね土《つち》みたいなねばねばの山《やま》もどき
笑《え》みもないから胸《むね》がどきどき

ここは利口《りこう》にふるまうこと
さっとすばやくやり過《す》ごすこと
もはやあれはグラーベット君《くん》じゃない
声《こえ》を掛《か》けたりしちゃいけない

おもちゃたちの世間話《せけんばなし》

キャサリーン・パイル

陶器店《とうきてん》から来《き》た花瓶《かびん》
「もっと世《よ》の中《なか》見《み》たかったのに」とは、ちと不憫《ふびん》

「ここへはぐるぐる巻《ま》きにされて連《つ》れてこられた
でもすてきなところだっておしえられた」

「うん」石膏《せっこう》の鳥《とり》がうなずいた
「そんなふうにあたしも聞《き》いた

何千本《なんぜんぼん》も木《き》が生《は》えていてすばらしい
キャンドルにずらり火《ひ》が点《とも》ったら輝《かがや》かしい」

でぶっちょ独楽《こま》がぶーんと回《まわ》ってうなる
「そんなのとはてんで異《こと》なる

おいらと凧《たこ》と毬《まり》以外《いがい》
世間知《せけんし》らずのあんたらみんな見当違《けんとうちが》い

家建《いえた》ち並《なら》び硬《かた》い赤《あか》い舗道《ほどう》が走《はし》り
すべてがぐるぐる回《まわ》っちゃ歯《は》ぎしり

たまにゆっくりたまに急《きゅう》な早変《はやが》わり
たいていガツンと止《と》まって終《お》わり」

木製《もくせい》のロバがうなずいた
「世《よ》の中《なか》そんなものだとむかし聞《き》いた」

凧《たこ》と毬《まり》は笑《え》みをかわす
でも無言《むごん》、しゃべったところで相手《あいて》をまどわす

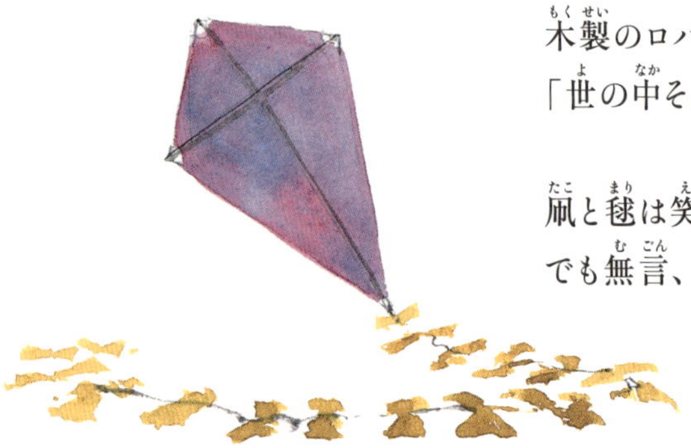

男《おとこ》の子《こ》も女《おんな》の子《こ》も

ジョン・チャーディ

男《おとこ》の子《こ》のことならなんでも知《し》ってる
女《おんな》の子《こ》のこともなんでも知《し》ってる
なにを食《た》べるかなにを飲《の》むか
なにを思《おも》うかなにを好《この》むか

だからぼくはこの詩《し》を書《か》くんだ
子供《こども》は遊《あそ》びに行《い》きたくないんだ
遊《あそ》びばかりはもうたくさん
行《い》きたいのは学校《がつこう》か歯医者《はいしや》さん

そう言《い》うのが恥《は》ずかしいのさ
遊《あそ》んでばかりとは雲泥《うんでい》の差《さ》
学校《がつこう》行《い》って勉強《べんきよう》したいな
ちゃんと行儀《ぎようぎ》よくしたいな

ゲームもうんざり　おもちゃもうんざり
女《おんな》の子《こ》も男《おとこ》の子《こ》もそんなのなおざり
お掃除《そうじ》したい　薪割《まきわ》りしたい
いつもきちんと良《よ》い子《こ》でいたい

勉強《べんきよう》したくてじれったい
むだな日《ひ》過《す》ごすの後《うし》ろめたい
きゃあきゃあわいわいさわぐの面白《おもしろ》くないや
女《おんな》の子《こ》も男《おとこ》の子《こ》も遊《あそ》びばっかりしたくないや

ことばの中《なか》にことばあり

——子供《こども》たちと大人《おとな》たちに

リチャード・ウィルバー

おせんたくしたらちゃんと吊《つ》るして干《ほ》してちょうだいよ
ぽたぽたしたたるのを着《き》るのはとっても不名誉《ふめいよ》
それにとってもはた迷惑《めいわく》
ほら、**おせんたく**は**く**でおわってかわく

家族写真《かぞくしやしん》はたいていみんな調子《ちようし》づく
でも叔父《おじ》さんはおじけづく
みんなにっこり楽《たの》しい顔《かお》ぶれ
写《うつ》る叔父《おじ》さんいつも手《て》ぶれ

軽業師《かるわざし》たち空中高《くうちゆうたか》く綱渡《つなわた》り
わざとつるっとすべったり
ぐらっとゆれて両腕《りよううで》ひろげる
みんなはらはらそれを見上《みあ》げる
危《あぶ》ない危《あぶ》ないぶつかるぶつかる
でも大丈夫《だいじようぶ》、名人芸《めいじんげい》がぴかぴか光《ひか》る

花壇《かだん》にならぶ花々匂《はなばなにお》やか
聖歌隊《せいかたい》みたいに顔《かお》が晴《はれ》やか
匂《にお》やか歌声《うたごえ》しだいに大《おお》きく
一輪《いちりん》の菊《きく》の花《はな》にそれを聞《き》く

嫌《いや》でもなんでも僕《ぼく》はがんばる
じっとがっちり歯《は》を食《く》いしばる
でも毎日三度《まいにちさんど》の食事《しよくじ》がサンドイッチ
さすがにそれには食指《しよくし》が不一致《ふいつち》

ラクダの都《みやこ》キャメロットは極楽《ごくらく》だ
ラクダを馴《な》らすはだれでも楽《らく》だ
騎士《きし》ガラハッドは間抜《まぬ》けじゃない
砂漠育《さばくそだ》ちの駄馬《だば》には乗《の》らない
アーサー王《おう》の騎士《きし》たるからには武功為《ぶこうな》す
頼《たよ》れる駿馬《しゆんめ》をいとも楽々乗《らくらくの》りこなす

竜《りゅう》カスタードの物語《ものがたり》

オグデン・ナッシュ

ベリンダの小《ちい》さなお家《うち》は真《ま》っ白《しろ》い
黒《くろ》の子猫《こねこ》と灰色《はいいろ》ねずみも仲良《なかよ》くそろい
黄色《きいろ》の小犬《こいぬ》と赤《あか》の荷車《にぐるま》、色合《いろあい》あざやか
ペットの竜《りゅう》はほんとにとっても慎《つつ》ましやか

黒《くろ》の子猫《こねこ》の名前《なまえ》はインク
灰色《はいいろ》ねずみの名前《なまえ》はチュンク
黄色《きいろ》の小犬《こいぬ》は気性《きしょう》がきつく、だから名前《なまえ》はマスタード
ところが竜《りゅう》は肝玉《きもたま》ぷよぷよ、だから名前《なまえ》はカスタード

大《おお》きな鋭《するど》い牙《きば》をむき出《だ》すその鼻面《はなづら》
頭《あたま》にずらりと大釘《おおくぎ》とんがり、下《した》へうろこの連《つら》なりずらずら
烈火《れつか》の煖炉《だんろ》の口《くち》から熱風《ねつぷう》、鼻《はな》の煙突《えんとつ》つたってもくもく
足《あし》の爪《つめ》の短剣《たんけん》見《み》ればだれもが沈黙《ちんもく》

ベリンダは勇敢《ゆうかん》そのもの、熊《くま》の群《む》れの大物感《おおものかん》をただよわす
インクとチュンクはライオンだって追《お》いまわす
マスタードは勇敢《ゆうかん》そのもの、怒《いか》り狂《くる》った虎《とら》みたい
でもカスタードは泣《な》き叫《さけ》ぶ、檻《おり》にぬくぬく入《はい》っていたい

さあベリンダは竜《りゅう》をくすぐり、ちょっと邪険《じやけん》に扱《あつか》う
インクとチュンクとマスタードは、勇士《ゆうし》パーシバルと呼《よ》んでからかう
みんなでけたけた赤《あか》の荷車《にぐるま》笑《わら》いが渦巻《うずま》く
肝玉《きもたま》ぷよぷよの竜《りゅう》カスタードをからかう一幕《ひとまく》

ベリンダくっくと笑《わら》いがとまらずお家《うち》がゆれる
弱《よわ》ッチュー！と、ねずみ鳴《な》きでチュンクがあきれる
インクは猫舌《ねこじた》を鳴《な》らしマスタードは辛口《からくち》に問《と》う、
　おまえはいくつだ、一体全体《いったいぜんたい》
カスタードは泣《な》き叫《さけ》ぶ、檻《おり》でぬくぬくしていたい

いきなり突然《とつぜん》、轟音《ごうおん》聞《き》こえた
マスタードが辛口声《からくちごえ》で唸《うな》って皆《みな》がぞぞッとふるえた
ニャゴー！と叫《さけ》ぶインクとキャーッ！と叫《さけ》ぶベリンダ
なんと海賊《かいぞく》、窓《まど》から中《なか》へ飛《と》びこんだ

左《ひだり》 手《て》右手《みぎて》ピストルかまえて
口《くち》にはギラリ短剣《たんけん》くわえて
ヒゲはまっ黒《くろ》、片方《かたほう》の足《あし》は木《き》の義足《ぎそく》
悪事《あくじ》が正義《せいぎ》がこいつの鉄則《てつそく》

ベリンダ真《ま》っ青《さお》、声《こえ》はりあげる、助《たす》けて！ 助《たす》けて！
でもマスタードは逃《に》げ足早《あしはや》く危険《きけん》を避《さ》けて
インクはぽたちょこ階段下《かいだんくだ》って一家《いつか》の地階《ちかい》へ沈《しず》み込《こ》む
小《こ》ねずみチュンクはねずみ算段《さんだん》ふしあな見《み》つけてもぐり込《こ》む

でも跳《と》びあがったカスタード、煙突鼻息《えんとつはないき》まるで機関車《きかんしや》
牢《ろう》の足《あし》かせみたいに尾《お》をがちゃつかせるのは条件反射《じようけんはんしや》
ガチャガチャジャラジャラガラガラガラ
海賊《かいぞく》にむかう度胸《どきよう》は虫《むし》をねらう野生《やせい》の山雀《やまがら》

竜《りゅう》を見《み》るなり海賊《かいぞく》ぎくりと息《いき》をのみ
ポケットびんの酒《さけ》を一飲《ひとの》み
ピストル二発《にはつ》どちらも外《はず》れ
海賊食《かいぞくく》らうカスタードの食欲桁外《しょくよくけたはず》れ

ベリンダ竜《りゅう》を抱《だ》きしめて、マスタードは竜《りゅう》なめる
みんなで竜《りゅう》の豪胆《ごうたん》わいわいほめる
インクとチュンクは大喜《おおよろこ》びでぐるぐるぐるぐる
海賊食《かいぞくく》らった竜《りゅう》のまわりを駆《か》けめぐる

ベリンダの小《ちい》さなお家《うち》は真《ま》っ白《しろ》い
黒《くろ》の子猫《こねこ》と灰色《はいいろ》ねずみも仲良《なかよ》くそろい
黄色《きいろ》の小犬《こいぬ》と赤《あか》の荷車《にぐるま》、色合《いろあい》さわやか
ペットの竜《りゅう》はほんとにとっても慎《つつ》ましやか

ベリンダは勇敢《ゆうかん》そのもの、熊《くま》の群《む》れの大物感《おおものかん》をただよわす
インクとチュンクはライオンだって追《お》いまわす
マスタードは勇敢《ゆうかん》そのもの、怒《いか》り狂《くる》った虎《とら》みたい
でもカスタードは泣《な》き叫《さけ》ぶ、檻《おり》でぬくぬくしていたい

学校《がっこう》なんて楽《たの》しくない!?

子《こ》供《ども》たちは、学校《がっこう》でたくさんの時間《じかん》を過《す》ごしますよね。意外《いがい》でもなんでもないかもしれませんが、授業《じゅぎょう》の楽《たの》しさについて書《か》かれた詩《し》は多《おお》くありません。学校《がっこう》をテーマとした詩《し》のほとんどに、反逆心《はんぎゃくしん》が見《み》え隠《かく》れします。

悪者《わるもの》として登場《とうじょう》するのはたいてい先生《せんせい》で、ときにはお母《かあ》さんだったりします。特《とく》にテーマが「宿題《しゅくだい》」になると、みんな敵意《てきい》むきだし。あまり頭《あたま》がよいとは思《おも》えない「大人《おとな》」という種族《しゅぞく》が発明《はつめい》したものだからでしょう。学校《がっこう》について書《か》かれた詩《し》を暗唱《あんしょう》するのは気《き》が進《すす》まないかもしれませんが、シェル・シルヴァスタインの不朽《ふきゅう》の名作《めいさく》「病気《びょうき》」が朗読大会《ろうどくたいかい》ではいつも大人気《だいにんき》なので、この章《しょう》をもうけることにしました。

この章《しょう》のためにいろいろ調《しら》べているうちに、サミュエル・ベケットの「格言《かくげん》」という作品《さくひん》に出会《であ》いました。この詩《し》は、慣《な》れ親《した》しんだものを新《あたら》しい目《め》で見《み》てみることをすすめています。たった４行《ぎょう》の詩《し》ですが、学校《がっこう》や人生《じんせい》の意味《いみ》は何《なん》なのか、さまざまな経験《けいけん》から何《なに》を学《まな》び、それをどう生《い》かせるのか、と問《と》いかけています。アイルランドで生《う》まれ育《そだ》ったベケットは、のちにパリに渡《わた》り、フランス語《ご》で創作《そうさく》するようになりました。それを自《みずか》ら英語《えいご》に翻訳《ほんやく》したのです。こうした背景《はいけい》があるからこそ、少《すく》ない言葉《ことば》に意味《いみ》をぎゅっとつめこみつつ、その受《う》け止《と》め方《かた》については私《わたし》たちにゆだねてくれるのかもしれません。

学生《がくせい》の義務《ぎむ》

エドワード・アンソニー

分別《ふんべつ》こそは学生《がくせい》の義務《ぎむ》だ
逆《さか》らったってそれは無駄《むだ》
あの先生《せんせい》って頭《あたま》が悪《わる》い
思《おも》って言《い》わぬが巧《たく》みにこずるい

格言《かくげん》

サミュエル・ベケット

学問《がくもん》に数年《すうねん》を浪費《ろうひ》して
勇気《ゆうき》をもって数年《すうねん》放浪《ほうろう》して
世《よ》の中《なか》を礼儀《れいぎ》正《ただ》しく曲折《きょくせつ》して
学問《がくもん》の無骨《ぶこつ》に決別《けつべつ》して

病気《びょうき》

シェル・シルヴァスタイン

「今日《きょう》は学校《がっこう》行《い》かれません」
ペギーちゃんの仮病《けびょう》作戦《さくせん》
「ぷつぷつぶつぶつ蕁麻疹《じんましん》
休《やす》んだほうがみんな安心《あんしん》
よだれだらだら喉《のど》からから
右《みぎ》の目《め》こんなにかすんでるから
へんとう腺《せん》が腫《は》れてるし
ぶつぷつたくさん病気《びょうき》のしるし
これって急性《きゅうせい》花粉症《かふんしょう》
顔色《かおいろ》こんなに悪《わる》いでしょう？
片足《かたあし》すり傷《きず》　両目《りょうめ》が青《あお》い
いつもの元気《げんき》にほど遠《とお》い
ごほごほくっしょん喉《のど》つまり
左《ひだり》の足《あし》が折《お》れてるうえに鼻《はな》づまり
あご動《うご》かすと背骨《せぼね》が折《お》れそう
おへそが熱《あつ》くてお茶《ちゃ》わかしそう
雨《あめ》が降《ふ》ると盲腸《もうちょう》ずきずきおなかを小突《こづ》く
足《あし》をくじいてお尻《しり》がつまずく
鼻《はな》が寒《さむ》くて足指《あしゆび》しびれて
親指《おやゆび》までもひび割《わ》れて
首《くび》が曲《まが》らず声《こえ》がこんなに弱々《よわよわ》しい
しゃべるのこんなに苦《くる》しい
舌《した》がとっても腫《は》れぼったい
なんだか髪《かみ》の毛《け》抜《ぬ》けてるみたい
肘《ひじ》も背骨《せぼね》もぴんとならない
体温計《たいおんけい》も下《さ》がらない
脳《のう》みそ縮《ちぢ》んで耳《みみ》がどんより
耳《みみ》に入《はい》るは大流行《だいりゅうこう》の風邪《かぜ》の便《たよ》り
さかむけできて心臓《しんぞう》どきどき——えっ、なあに？
なんて言《い》ったの、えっ、なあに？
えっ、土曜日《どようび》だから今日《きょう》は休校《きゅうこう》？
それじゃこれから遊《あそ》びに行《い》こう！」

宿題《しゅくだい》

ジェイン・ヨーレン

宿《しゅく》 題《だい》なんてなによ
お礼《れい》状《じょう》書《か》きたいんだもん
大叔母《おおおば》さんの送《おく》ってくれたセーター
きっちきちにきついんだもん

宿《しゅく》 題《だい》なんてなによ
ソックスをつまみ出《だ》さなくちゃ
何日《なんにち》もはきっぱなしでくさいんだもん
それからくずかごお掃除《そうじ》しなくちゃ

宿《しゅく》 題《だい》なんてなによ
今日《きょう》はあたしの当番《とうばん》なんだから
生《なま》ゴミ出《だ》さないと
ゴキブリやハエがたかっちゃうから

宿《しゅく》 題《だい》なんてなによ
髪《かみ》を洗《あら》わなくちゃならないのに
からまったりもつれたりを
とかすのに 1時間《じかん》かかるのに

宿《しゅく》 題《だい》なんてなによ
ほんとにもう降参《こうさん》
だって宿題《しゅくだい》のある晩《ばん》にかぎって
しなくちゃならないことすっごくたくさん

ちゃっかり交換《こうかん》

マシュー・M・フレデリックス

「あなたが会社《かいしや》に行《い》くのなら
ママが行《い》くのはスクールよね
たまに行《い》き先《さき》交換《こうかん》するって
なにかちょっとクールよね」

ママがそう言《い》うからランチを用意《ようい》して
「ちゃんとお顔《かお》を洗《あら》ってほしいの」
そしたらママが「いったいどうして
行《い》き先《さき》を交換《こうかん》したいの？」

「会社《かいしや》のお仕事《しごと》知《し》りたいんだもの
社長《しやちよう》さんにも会《あ》ってみたい
ほらほら急《いそ》いで歯《は》をみがいてよ
ぐずぐずしてたらじれったい

そうそう、ひとつ言《い》い忘《わす》れてた
今日《きよう》はだいじな居残《いのこ》り校則《こうそく》
4時《じ》に迎《むか》えに行《い》ってあげる
それまでママはびっしり拘束《こうそく》」

やっかいなシャボン玉《だま》

ジャネット・S・ワン

シャボン玉《だま》に手《て》こずってます
答《こたえ》をふたつマルしちゃった
AとD
問《とい》10に
うっかり
やさしい問題《もんだい》だったのに
やさしい問題《もんだい》のはずだったのに
ちゃんと読《よ》んでいれば
でももう問《とい》36まで来《き》ちゃったから
まちがった答《こたえ》を消《け》しているの
1行下《ぎょうした》をぷかぷか
ぷかぷかやるのがたいへん
まだまだシャボン玉《だま》がある
なんかむかむかしてきた
のども胸《むね》もむかむか
もし答案用紙《とうあんようし》にげろしちゃったら
どうなるのかな？

ロバの描《えが》き方《かた》

ネイオミ・シハブ・ナイ

先生《せんせい》が言《い》った、頭《あたま》が大《おお》きすぎるわね
ひづめは小《ちい》さすぎよ

わたしは絵筆《えふで》を洗《あら》うことはできた
でもその声《こえ》を追《お》いはらうことはできなかった

みんなの見《み》ている前《まえ》で
ロバさんをくちゃくちゃにまるめた

その青《あお》い体《からだ》で
手《て》がよごれちゃった

泣《な》きながらロバさんをゴミ箱《ばこ》にぶつけた
先生《せんせい》がにこっと笑《わら》って、もいちど画《か》いてごらん

もしかするとこれから先《さき》ずっと
これをこっそりひろげては思《おも》うのだ
あのロバの大《おお》きさが正《ただ》しかったのだと

教訓《きようくん》

ビリー・コリンズ

朝《あさ》起《お》きると**歴史《れきし》**が
高《たか》いびきをかいていた
ハンガーラックからオーバーを借《か》りて
その重《おも》みをずっしり両肩《りようかた》にのせた

牛乳《ぎゆうにゆう》と新聞《しんぶん》を求《もと》めに村《むら》へ
冷《ひ》えきって歩《ある》く行《い》き帰《かえ》りを守《まも》ってくれそうだ
だめだとは言《い》うまいと思《おも》った
前《まえ》の晩長々《ばんながなが》と語《かた》り合《あ》ったのだから

氷柱《つらら》だらけで帰《かえ》ると意外《いがい》や意外《いがい》
憤然《ふんぜん》としてどなりちらして
特大《とくだい》のポケットをくまなく探《さぐ》り
主戦場《しゆせんじよう》もイギリス女王《じよおう》も深《ふか》い雪《ゆき》の中《なか》に落《お》っこちて
行方不明《ゆくえふめい》になっていないのを確《たし》かめた

作文《さくぶん》のテーマ

ラングストン・ヒューズ

講師《こうし》が言《い》った
　　帰《かえ》ったら書《か》くこと
　　今夜中《こんやじゅう》に一枚《いちまい》
　　自分《じぶん》を素材《そざい》にしてその一枚《いちまい》を書《か》き上《あ》げること
　　そうすれば真実《しんじつ》になる
そんなに簡単《かんたん》だろうか？
僕《ぼく》は22歳《さい》、黒人《こくじん》、生《う》まれはウィンストン＝セイレム
そこの学校《がっこう》へ行《い》き、それからダーラム、それからここ
ハーレムを見下《みお》ろす丘《おか》のこのカレッジ
僕《ぼく》はクラスでただひとりの黒人学生《こくじんがくせい》だ
丘《おか》の段々《だんだん》を下《お》りるとハーレムで
公園《こうえん》を抜《ぬ》けてから、セント・ニコラス街《がい》を渡《わた》って
八番街《はちばんがい》、七番街《しちばんがい》、そしてこのYMCA
ハーレムYMCAに来《き》て、エレベーターに乗《の》り
僕《ぼく》の部屋《へや》に着《つ》いて、机《つくえ》に向《む》かって、この一枚《いちまい》を書《か》く

僕《ぼく》の真実《しんじつ》もあなたの真実《しんじつ》も、見《み》つけるのは簡単《かんたん》じゃない
僕《ぼく》は22歳《さい》なんだから　でも僕《ぼく》とはつまり
僕《ぼく》が感《かん》じて見《み》て聞《き》いたこと　僕《ぼく》にはハーレムが聞《き》こえる
聞《き》いているから聞《き》いてくれ、この一枚《いちまい》の上《うえ》で僕《ぼく》と対話《たいわ》しよう
（ニューヨークも聞《き》こえる）僕《ぼく》——それって誰《だれ》？
まあ、僕《ぼく》は食《た》べて寝《ね》て飲《の》んで恋《こい》するのが好《す》き
働《はたら》いて読書《どくしょ》して学《まな》んで人生《じんせい》を知《し》るのが好《す》き
クリスマスプレゼントにはパイプがほしい
それともレコード——ベッシー、ビーバップ、あるいはバッハ

僕《ぼく》が黒人《こくじん》だからといって
ほかの人種《じんしゅ》の人《ひと》たちが好《す》きなものが嫌《きら》いなわけじゃない
じゃあ僕《ぼく》の作文《さくぶん》は黒人《こくじん》なのか？
僕《ぼく》が書《か》くなら白人《はくじん》ではないはず
でも先生《せんせい》、
この作文《さくぶん》はあなたの一部《いちぶ》だ
あなたは白人《はくじん》だけど
僕《ぼく》があなたの一部《いちぶ》であるように、あなたは僕《ぼく》の一部《いちぶ》
それがアメリカ人《じん》であるということ
ときには僕《ぼく》の一部《いちぶ》でありたくないかもしれない
僕《ぼく》だってあなたの一部《いちぶ》でありたいといつも思《おも》ってるわけじゃない
でもそれがまぎれもない真実《しんじつ》
僕《ぼく》があなたから学《まな》ぶように
あなたも僕《ぼく》から学《まな》ぶのではないだろうか——
年上《としうえ》であり——白人《はくじん》であり——
僕《ぼく》より幾分《いくぶん》か自由《じゆう》があるけれど

これが僕《ぼく》の一枚《いちまい》の作文《さくぶん》

ありえないことがぜんぶ起《お》こるなら

E・E・カミングズ

ありえないことがぜんぶ起《お》こるなら
（どんなことも
本《ほん》のけいかくするよりも
正《ただ》しい）
どんなにまぬけな先生《せんせい》にもわかるかも
（走《はし》って
スキップ
ぐるりと一周《いっしゅう》）
一《いち》ほどすごいことはないってこと

一《いち》にはなぜもだからもしかしもない
（つぼみは
成長《せいちょう》しない本《ほん》よりも
もっと知《し》ってる）
古《ふる》いのがなんでもぜんぶ新《あたら》しくなるのが一《いち》だ
（なに
どれ
ぐるりと一周《いっしゅう》してだれ）
一《いち》はいかなるすべてだから

だから世界《せかい》は一枚《いちまい》の葉《は》で木《き》は一本《いっぽん》の大枝《おおえだ》
（ことりたちのさえずりは
本《ほん》たちの語《かた》るのより
あまい歌声《うたごえ》）
だからこっちはあっちで、きみのはぼくの一《いち》
（一《ひと》つ降《お》りて
昇《のぼ》って
ぐるりとまわって飛《と》ぶ）
えいえんなんて今《いま》までなかった

でも今《いま》、ぼくはきみを愛《あい》し、きみはぼくを愛《あい》してる
(本《ほん》はたいてい
ひらいているより
とじている)
ただ落《お》ちるしかない高《たか》みのふかいところで
(一《ひと》つさけんで
ひとりひとり
ぐるりと一《ひと》まわり)
だれかぼくらに呼《よ》ぶだれかが

ぼくらは太陽《たいよう》よりもまぶしいなんでも
(ぼくらは大《おお》きなぜんぶ
本《ほん》が
言《い》ってるかもしれないのよりも)
ぼくらは思《おも》ってるのよりもっとなんでもぜんぶ
(一回転《いつかいてん》して
ぴょんと跳《は》ねて
生《い》きてるのよりもっとぼくらは生《い》きてる)
ぼくらは一《いち》の一倍《いちばい》すばらしい

スポーツのある風景《ふうけい》

詩《し》は「まじめ」なものが多《おお》いですが、スポーツや遊《あそ》びなど、もっと楽《たの》しいテーマについて書《か》かれた作品《さくひん》もあります。ニューヨーク市《し》の元教育副総長《もときょういくふくそうちょう》は、自《みずか》らコーチをつとめた息子《むすこ》のリトルリーグチームが好成績《こうせいせき》をおさめられたのは、練習《れんしゅう》だけでなく詩《し》のおかげでもあったと語《かた》っています。彼《かれ》はかならず試合《しあい》のあとグラウンドで、一篇《いっぺん》の詩《し》を印刷《いんさつ》してチーム全員《ぜんいん》に配《くば》っていました。その内容《ないよう》についてみんなで話《はな》し合《あ》うのです。子供《こども》たちは、詩《し》を読《よ》んで感《かん》じたことを発表《はっぴょう》したり、一緒《いっしょ》に朗読《ろうどく》したりするのを心《こころ》から楽《たの》しんでいました。その証拠《しょうこ》に、ほかの配布物《はいふぶつ》はよくグラウンドにちらかっていたのに、詩《し》はいつもすべて持《も》ち帰《かえ》られていたそうです。みんなのお気《き》に入《い》りは、「バッター、ケイシー」でした。なじみのある風景《ふうけい》、耳《みみ》に心地《ここち》よい脚韻《きゃくいん》、手《て》に汗握《あせにぎ》る展開《てんかい》。これは、アメリカでもっとも人々《ひとびと》の記憶《きおく》に残《のこ》っている詩《し》のひとつに数《かぞ》えられるかもしれません。知名度《ちめいど》では負《ま》けますが、物語《ものがたり》の続《つづ》きを描《えが》いた「ケイシーのリベンジ」も収録《しゅうろく》しました。そして、この章《しょう》の最後《さいご》におさめたジョン・アップダイクの「皐月《さつき》」は、父《ちち》の日《ひ》にお父《とう》さんに暗唱《あんしょう》してあげるのにぴったり。野球《やきゅう》のテレビ観戦《かんせん》という、よくある風景《ふうけい》が描《えが》かれています。このように、詩《し》はもっともありきたりな日常生活《にちじょうせいかつ》での喜《よろこ》びをも表現《ひょうげん》できるのです。

　スポーツや遊《あそ》びをとおして、さまざまな教訓《きょうくん》を学《まな》ぶことができます。昔《むかし》から言《い》われていることですが、女《おんな》の子《こ》は友達《ともだち》の輪《わ》のなかで遊《あそ》ぶことが多《おお》いのに対《たい》し、男《おとこ》の子《こ》は輪《わ》の外《そと》に飛《と》び出《だ》し、戦《たたか》ったり競《きそ》ったりするのが好《す》きなようです。ロバート・フロストの「『秘密《ひみつ》』は輪《わ》の中央《ちゅうおう》に」のような不思議《ふしぎ》な詩《し》は、こうした友達《ともだち》の輪《わ》について考《かんが》えさせ、単純《たんじゅん》に見《み》えるものの裏《うら》に隠《かく》された謎《なぞ》をちらつかせます。ニッキー・ジョヴァンニの「少女《しょうじょ》たちの仲良《なかよ》しグループ」にも、隠《かく》れた意味《いみ》がありそうです。おめかしをする少女《しょうじょ》たちは、もっと危険《きけん》な遊《あそ》びに興《きょう》じる大人《おとな》の女性《じょせい》と読《よ》めなくもありません。

「秘密《ひみつ》」は輪《わ》の中央《ちゅうおう》に

ロバート・フロスト

われわれは輪《わ》になって想像《そうぞう》する
しかし「秘密《ひみつ》」は輪《わ》の中央《ちゅうおう》に座《ざ》して承知《しょうち》する

かくれんぼ　1933年《ねん》

ゴールウェイ・キネル

もういいかい まあだだよ
かくれていたら日《ひ》がくれて
みんなおうちへ帰《かえ》っちゃった
もういいよって言《い》いながら
がんばってかくれてた
お月《つき》さまに見《み》つけられた

積《つ》み木《き》の都《みやこ》

ロバート・ルイス・スティーヴンソン

積《つ》み木《き》できみはなにが作《つく》れる？
お城《しろ》、王宮《おうきゅう》、寺院《じいん》を建《た》てて波止場《はとば》によせる波《なみ》がゆれる
雨降《あめふ》りやまずみんな心《こころ》がうち沈《しず》む
ぼくは積《つ》み木《き》で心《こころ》がはずむ

ソファはお山《やま》で絨毯《じゅうたん》は海《うみ》
都《みやこ》を築《きず》いて左見右見《とみこうみ》
教会《きょうかい》、水車《すいしゃ》、王宮《おうきゅう》がきらつく
波止場《はとば》につぎつぎ船《ふね》が着《つ》く

立派《りっぱ》な王宮《おうきゅう》は塀《へい》をめぐらせ円柱《えんちゅう》が立《た》ち
てっぺんには塔《とう》も立《た》ち
そこから続《つづ》く階段《かいだん》を降《お》りた先《さき》に
おもちゃの船《ふね》がぷかぷかのん気《き》に

こっちの船《ふね》は航海中《こうかいちゅう》あっちの船《ふね》は停泊中《ていはくちゅう》
船員《せんいん》たちは歌《うた》に夢中《むちゅう》
それから王宮《おうきゅう》の階段《かいだん》にはずらりと
王様《おうさま》たちが貢《みつ》ぎ物《もの》を携《たずさ》えてきりりと

さあもうおしまい、崩《くず》しちゃおう
積《つ》み木《き》たちが右往左往《うおうさおう》
みんな散《ち》らばる、あちこちたちまち
どこへ消《き》えた、海辺《うみべ》の町《まち》？

でもまだ今《いま》もはっきり見《み》える
教会《きょうかい》、王宮《おうきゅう》、船《ふね》も人々《ひとびと》もよみがえる
どこにいようと生《い》きているかぎり忘《わす》れない
ぼくの海辺《うみべ》の町《まち》は消《き》えたりしない

少女《しょうじょ》たちの仲良《なかよ》しグループ

ニッキー・ジョヴァンニ

少女《しょうじょ》たちの仲良《なかよ》しグループ
ペディキュアこってり塗《ぬ》りつけた

髪《かみ》を編《あ》み上《あ》げ
大《おお》きな黄色《きいろ》のリボンをつけた

おばあちゃんのパウダー持《も》ち出《だ》して
お鼻《はな》にぱたぱたはたき合《あ》う

《パリの宵《よい》》をシュッシュッシュ
たっぷりくまなくふりかけた

わあびっくり
こんなにきれいになるなんて
匂《にお》いもすてき
ママはおもしろくないかな

少女《しょうじょ》たちの仲良《なかよ》しグループ
くつくつけたけた

すっごくおとなになったみたい
ハイヒールがくらくらグラッ

真珠《しんじゅ》がじゃらじゃら
ドレスがひらひら

でもみんなしょんぼり
行《い》くところがないんだもん

ママが車《くるま》に乗《の》せないって
どこにも連《つ》れていかないって
おめかしの盛《も》りすぎだから

俺《おれ》らマジにクールよ

グウェンドリン・ブルックス

ポケットビリヤード
ゴールデン・シャベルの7人《にん》

俺《おれ》らマジにサイコー　俺《おれ》ら
やめちまった学校《がつこう》　俺《おれ》ら

朝《あさ》までふらつき　俺《おれ》ら
しゃかりき玉《たま》突《つ》き　俺《おれ》ら

背徳《はいとく》歌《うた》う　俺《おれ》ら
ジン慕《した》う　俺《おれ》ら

6月《がつ》はジャズだ　俺《おれ》ら
じきにずだずだだ

スラム、ダンク、フック

ユーセフ・コマンヤーカ

速攻《そっこう》、レイアップ、マーキュリーの
徽章《きしょう》のスニーカーで、
黒天使《くろてんし》たちの脚《あし》さばきの
裏《うら》をかく　三《さん》メートル先《さき》から放《はな》たれた
ボールがネットを衣《きぬ》ずれみたいに
すり抜《ぬ》ける　大《おお》きくふり上《あ》げた腕《うで》が
迷路《めいろ》のようにからみ合《あ》い、
神話《しんわ》に出《で》てくる海《うみ》の怪物《かいぶつ》みたいに
体《からだ》が空中《くうちゅう》でぴたりと静止《せいし》し、
時《とき》を超《こ》える存在《そんざい》になる
甲高《かんだか》い音《おと》がたっぷり一秒《いちびょう》
鳴《な》り響《ひび》いた　ゴールが
ボールをはじく　体《からだ》をよじりながら
飛《と》び上《あ》がってダンクを決《き》め、
希望《きぼう》と善意《ぜんい》をまとう者《もの》を
打《う》ち砕《くだ》く　ひょろっとした体《からだ》が、
長《なが》い腕《うで》と脚《あし》でリズムを刻《きざ》む
サイドラインのチアガールが
黄色《きいろ》い歓声《かんせい》を上《あ》げれば天《てん》にも昇《のぼ》る心地《ここち》
激突《げきとつ》して床《ゆか》に転《ころ》がり、
輝《かがや》く筋肉《きんにく》がモーターみたいに稼働《かどう》し
板《いた》に打《う》ちつけられた金属《きんぞく》のフープに向《む》かって
フェイントしながら飛《と》び出《だ》していく
サニーはママに死《し》なれたとき
一日中《いちにちじゅう》ずっとバスケしたから
しまいにはバックボードに亀裂《きれつ》が入《はい》った
汗《あせ》にまみれ、
ボールを指先《ゆびさき》で
くるくる回《まわ》す　トラブルは
棍棒《こんぼう》を手《て》のひらに打《う》ちつけながら
すぐそこまで迫《せま》る
ドリブルして、インサイドに斬《き》り込《こ》み、
鶻《はいたか》みたいに滑空《かっくう》する
レイアップ、速攻《そっこう》
こんな動《うご》きができるなんて
自分《じぶん》たちでも知《し》らなかった　骨《ほね》と信念《しんねん》を軸《じく》に
体《からだ》をくるくると回転《かいてん》させ
歓喜《かんき》のネットをくぐれば
美《うつく》しく、危険《きけん》な僕《ぼく》たち

ディフェンダー

リンダ・スー・パーク

全員《ぜんいん》が追《お》うのはボールだ
ボールを連《つ》れて目指《めざ》すはゴールだ
でも1対《たい》ゼロで勝《か》つ接戦《せつせん》
そのゼロが意気揚揚《いきようよう》と凱旋《がいせん》

ゼロのためにプレイするしんどい死線《しせん》
ディフェンス、強烈《きょうれつ》にしびれるサスペンス

バッター、ズアリ

ニッキー・グライムズ

ダニトラさま
先週《せんしゅう》ソフトボールの試合《しあい》がありました、
スカシた口《くち》きくJTがフフンって軽《けい》べつして、
「おまえみたいにめめしいのが
おれらのチームに入《はい》ってどうなる？」
「なに言《い》ってんのさ」って言《い》ってバッターボックスに入《はい》りました。
ピッチャーが投《な》げて、ガツーンと遠《とお》くへかっとばしたの、
雲《くも》を突《つ》きやぶって星《ほし》まで一直線《いっちょくせん》。
ベースをゆうゆうまわって、気分《きぶん》サイコーだった。
あたらしい友《とも》だちのニーナがキャッキャわらって、JTなんか
ぜったいあんたみたいにかっとばせないって言《い》った。
かっとばせないよね、そうに決《き》まってます。

バッター、ケイシー

アーネスト・ローレンス・セア

マッドヴィルのナインはいよいよもって神頼《かみだの》み
4対《たい》2のスコアで残《のこ》るは1イニングのみ
クーニー倒《たお》れてバロウズ同《おな》じく打《う》ち取《と》られ
応援《おうえん》の観客《かんきゃく》黙《もく》して声援《せいえん》送《おく》るも憚《はばか》られ

あきらめきってばらばら数人席《すうにんせき》を立《た》ち上《あ》がり
とどまる者《もの》らは人《ひと》の胸《むね》に永久《とわ》にわき出《で》る希望《きぼう》にすがり
「ケイシーが一発《いっぱつ》かましてくれりゃあ勝負《しょうぶ》はまだまだ
ケイシーの打順《だじゅん》に回《まわ》れば金《かね》を賭《か》けて一山《ひとやま》だ」

しかしケイシーの前《まえ》にフリンがいるしジミー・ブレイクも
フリンはバット振《ふ》るわずジミーの振《ふ》りはてんでやみくも
大観衆《だいかんしゅう》は打《う》ちひしがれて陰鬱気分《いんうつきぶん》はもう底無《そこな》し
ケイシーに打順《だじゅん》の回《まわ》る見込《みこ》みもはや無《な》し

ところがフリンがシングル放《はな》って球場仰天《きゅうじょうぎょうてん》
つづくブレイク痛打一撃《つうだいちげき》ボールが転々《てんてん》
粉塵《ふんじん》消《き》えて観衆《かんしゅう》しっかり見定《みさだ》める
ジミーは二塁《にるい》でフリンは三塁《さんるい》ベースを抱《だ》きしめる

5千《せん》をこえる喉元《のどもと》から力強《ちからづよ》い歓声《かんせい》がひとつになり
山《やま》あい谷《たに》あいを轟然《ごうぜん》とゆるがして高鳴《たかな》り
山肌《やまはだ》に平地《へいち》に跳《と》んで跳《は》ねて跳《は》ね回《まわ》った
いよいよケイシー、豪打《ごうだ》のケイシー、打順《だじゅん》が回《まわ》った

悠々《ゆうゆう》と歩《あゆ》むケイシー、バットを握《にぎ》ろうとするケイシー
自信《じしん》あふれるケイシー、笑《え》み浮《う》かべるケイシー
大歓声《だいかんせい》に応《こた》えて帽子《ぼうし》のつばをちょっと挙《あ》げる仕草《しぐさ》だ
これぞ打席《だせき》に立《た》つケイシーのいつもの格好良《かっこうよ》さだ

1万《まん》の目《め》が見《み》つめるなか両手《りようて》にグラウンドの土《つち》をこすりつけ
5千《せん》の舌《した》が割《わ》れる歓声《かんせい》をとどろかすなかユニフォームになすりつけ
身悶《みもだ》えするピッチャーが腰《こし》のあたりで球《たま》をこねくり
不敵《ふてき》な眼光《がんこう》きらめくケイシー、口《くち》もとに嘲笑《ちようしよう》浮《う》かぶケイシーが顎《あご》をしゃくり

さあ、革《かわ》にくるまれた球体《きゆうたい》がビューンと襲来《しゆうらい》し
ケイシーは傲然《ごうぜん》とそれを見送《みおく》る意志《いし》
屈強《くつきよう》の打者《だしや》をぎりぎりにかすめて球《たま》は猛進《もうしん》
「狙《ねら》い球《だま》じゃない」とケイシー、「ストライクワン」と球審《きゆうしん》

超満員《ちようまんいん》の観客席《かんきやくせき》から怒号《どごう》のどよめきが沸《わ》き上《あ》がる
船尾《せんび》と遠《とお》い岸辺《きしべ》に打《う》ち寄《よ》せる荒波《あらなみ》みたいに盛《も》り上《あ》がる
「ぶっ殺《ころ》せ、あの審判《しんぱん》！」スタンドから怒声《どせい》が激《はげ》しくつんのめる
殺《あや》めんばかりの勢《いきお》いをケイシーが片手《かたて》を挙《あ》げてたしなめる

慈悲深《じひぶか》き笑《え》みたたえる大物《おおもの》ケイシーの輝《かがや》く顔《かお》が罵声《ばせい》を封《ふう》じ込《こ》めて
起《お》こりかけた騒動《そうどう》を静《しず》めるとゲームの続行《ぞつこう》求《もと》めて
ピッチャーに合図《あいず》すると黒《くろ》ずんだ球体《きゆうたい》がふたたび襲来《しゆうらい》
しかしケイシーそれをまた見送《みおく》って「ストライクツー」と球審《きゆうしん》の声《こえ》が再来《さいらい》

「いかさま！」と逆上《ぎやくじよう》した数千《すうせん》が叫《さけ》ぶと、木霊《こだま》が応《おう》じて「いかさま！」
しかしケイシーの蔑《さげす》みの一瞥《いちべつ》に観客《かんきやく》は畏《おそ》れなすありさま
ケイシーの形相《ぎようそう》がいかめしく冷《つめ》たく筋肉《きんにく》が緊張《きんちよう》するのが見《み》える
ケイシーが次《つぎ》の一球《いつきゆう》を見送《みおく》らないのがうかがえる

嘲笑《ちようしよう》の色《いろ》がケイシーの口《くち》もとから失《う》せて、憎悪《ぞうお》をこめて歯《は》を食《く》いしばる
バットでプレートをゴツンゴツンと叩《たた》いて息張《いきば》る
さあピッチャーがボールを握《にぎ》り直《なお》し、さあ振《ふ》りかぶって投《とう》じる
さあケイシーの一振《ひとふ》りで球場《きゆうじよう》の空気《くうき》が粉々《こなごな》に散《さん》じる

ああ、この恵《めぐ》まれた土地《とち》のどこかで太陽《たいよう》の光《ひかり》が燦々《さんさん》とあふれる
どこかで楽隊《がくたい》の音《おと》がひびき、どこかで浮《う》かれた心同士《こころどうし》がたわむれる
どこかで男《おとこ》たちの笑《わら》い声《ごえ》がして、どこかで叫《さけ》ぶ子供《こども》らの声《こえ》は無邪気《むじやき》で無心《むしん》
しかしマッドヴィルに悦《よろこ》びはない——豪打《ごうだ》のケイシー三球三振《さんきゆうさんしん》

ケイシーのリベンジ

グラントランド・ライス

マッドヴィルの悲哀《ひあい》の日《ひ》から十日《とおか》ばかり
ちくしょうだの忌々《いまいま》しいだのとぼやいては、市中《まちじゅう》のファン心底《しんそこ》がっかり
「打席《だせき》のケイシーてんで頼《たよ》りなかった
マイナーリーグの若僧《わかぞう》よりもひどかった」

過去《かこ》の名声《めいせい》は忘《わす》れ去《さ》られ、今《いま》や光《ひかり》無《な》き「栄光《えいこう》」
「三振《さんしん》ケイシー」に市長《しちょう》はじめみんなが悪口《あっこう》
打席《だせき》に入《はい》るたびにケイシーの胸《むね》がため息《いき》をつく
希望《きぼう》無《な》き憤《いきどお》りが豪打《ごうだ》のケイシーの目《め》にぎらつく

かつて君臨《くんりん》していた日々《ひび》を思《おも》い起《お》こしていた
打席《だせき》に歩《あゆ》み寄《よ》ると大歓声《だいかんせい》が空《そら》までとどろいた
しかし今《いま》や気力《きりょく》が失《う》せ、野次《やじ》浴《あ》びるだけの体《てい》たらく
「三振《さんしん》」か「凡《ぼん》フライ」ではマイナー以下《いか》に急転落《きゅうてんらく》

ふてくされて遊《あそ》び呆《ほう》けて選球眼《せんきゅうがん》は頼《たよ》りなく
ホームランなどもう望《のぞ》むべくもなく
ファンはこぞって監督糾弾《かんとくきゅうだん》
強《つよ》く求《もと》めるケイシーの放出即断《ほうしゅつそくだん》

マッドヴィル軍団《ぐんだん》はスランプに落《お》ち込《こ》み、チームの団結《だんけつ》宙《ちゅう》に浮《う》く
プレーは緩慢《かんまん》から散漫《さんまん》になり、どうやらチームの結束《けっそく》危《あや》うく
「ケイシーなんぞもう要《い》らん！」ルーターズロウからさんざん悪《あく》たれ
「新人《しんじん》補強《ほきょう》だ、クビにしちまえ、あのへこたれ！」

待《ま》てば海路《かいろ》の日和《ひより》あり
捨《す》てる神《かみ》あれば拾《ひろ》う神《かみ》あり
ケイシーにやりと笑《え》み浮《う》かべ、いかつい顔《かお》にもはや歪《ゆが》みが消《き》えていた
試練《しれん》の因《もと》を投《とう》じたピッチャーが町《まち》にやって来《き》ていた

マッドヴィルの市民《しみん》は総出《そうで》、1万《まん》のファンが詰《つ》めかける
ケイシーをもてあそんだ投手《とうしゅ》の動《うご》きを追《お》いかける
いよいよそいつがマウンドに立《た》ち、観客《かんきゃく》の胸逸《むねはや》りに逸《はや》り
帽子《ぼうし》のつばを挙《あ》げ傲然《ごうぜん》たる蔑《さげす》み、しかしケイシーただにやり

「プレイボール！」球審《きゅうしん》が高《たか》らかに告《つ》げ、さあ試合開始《しあいかいし》
だが数千人《すうせんにん》のファンはひとり残《のこ》らずマッドヴィルの力《ちから》を軽視《けいし》
劣勢《れっせい》のまま、やがてそろそろ夕陽《ゆうひ》が沈《しず》む
4対《たい》1で敗色濃厚《はいしょくのうこう》、観客《かんきゃく》の心《こころ》も沈《しず》む

9回《かい》の裏《うら》、相変《あいか》わらず同《おな》じ点差《てんさ》
それでも一人目《ひとりめ》ヒットで出塁《しゅつるい》、観客席《かんきゃくせき》は歓声《かんせい》の連鎖《れんさ》
歓呼弥増《かんこいやま》しこだまして、1万人《まんにん》のファンが叫《さけ》んだ
二人目死球《ふたりめしきゅう》、三人目《さんにんめ》は四球《しきゅう》を選《えら》んだ

さあ満塁《まんるい》でノーアウト、3点取《てんと》ればゲームはタイ！
三塁打《さんるいだ》でもマッドヴィルの殿堂入《でんどうい》りは堅《かた》いも堅《かた》い
ところが反撃《はんげき》ここで止《と》まって、ゲーム展開暗《てんかいくら》いも暗《くら》い
四人目《よにんめ》はキャッチャーフライ、五人目《ごにんめ》はライトフライ

陰気《いんき》なうめき声《ごえ》がいっせいに起《お》こり、観客《かんきゃく》の顔《かお》がどれもけわしい
ケイシー打席《だせき》に歩《あゆ》み寄《よ》り、ゆっくりかまえてふてぶてしい
血走《ちばし》る眼《まなこ》が怒《いか》りにぎらつき、憎悪《ぞうお》をこめて歯《は》を食《く》いしばる
怒《いか》りをこめて帽子《ぼうし》をひん曲《ま》げ、バットでベースを叩《たた》いて気張《きば》る

だが名声《めいせい》は風《かぜ》のごとく去《さ》りゆき、栄光《えいこう》の色褪《いろあ》せるのも仕方《しかた》ない
嵐《あらし》のごとき歓呼《かんこ》の声《こえ》もなく、歓喜《かんき》の声援《せいえん》も今日《きょう》はない
とがり声《ごえ》あり、うめき声《ごえ》あり、わめき声《ごえ》あり、野次《やじ》がとぶ、「三振《さんしん》しちまえ！」
だがケイシーは聞《き》こえて動《どう》じぬ面構《つらがま》え

相手《あいて》ピッチャーにやりと笑《わら》って得意《とくい》の速球《そっきゅう》投《とう》ずる豪腕《ごうわん》
またとがり声《ごえ》、またうめき声《ごえ》、そして球審《きゅうしん》「ストライクワン！」
二球目《にきゅうめ》一転《いってん》、膝下《ひざした》ぎりぎりカーブを投《とう》じる
「ストライクツー！」きわどい判定《はんてい》、しかしケイシー黙《だま》って甘《あま》んじる

非難《ひなん》の怒号《どごう》まったくなくて、審判《しんぱん》稼業《かぎょう》もこれなら緩《ゆる》か
ここでピッチャー、ワインドアップから三球目《さんきゅうめ》——おっ、あの銃声《じゅうせい》はライフルか！
バーン、ビューン、弾丸《だんがん》ライナーの飛《と》び行《ゆ》く九天《きゅうてん》
かなたの大空《おおぞら》、青《あお》の中《なか》の黒《くろ》い一点《いってん》

ぐーんと飛《と》んでセンターオーバー、フェンスを越《こ》えた
飛球《ひきゅう》はぐんぐん伸《の》びて、黒《くろ》い点《てん》はかすんでいって、それから消《き》えた
1万《まん》の帽子《ぼうし》が宙《ちゅう》に放《ほう》られ、1万人《まんにん》がおったまげたよ、ひとり残《のこ》らず
豪打《ごうだ》のケイシー放《はな》った打球《だきゅう》は結局《けつきょく》どこにも見《み》つからず

ああ、この恵《めぐ》まれた土地《とち》のどこかで黒《くろ》い雲《くも》が太陽《たいよう》を覆《おお》う
どこかで楽隊《がくたい》の音《おと》が鳴《な》りやみ子供《こども》らが悲《かな》しみ背負《せお》う
どこかで枯《か》れた命《いのち》を悼《いた》んで人々《ひとびと》深《ふか》い喪《も》に服《ふく》した
しかしマッドヴィルの浮《う》かれた心同士《こころどうし》がたわむれる、ケイシー一発《いっぱつ》かっとばした

皐月《さつき》

ジョン・アップダイク

さあ子供《こども》たちが
　外《そと》へ飛《と》び出《だ》し
目《め》を見《み》はる
　キャンディの売出《うりだ》し

リンゴや梨《なし》の枝《えだ》が
　木《き》の芽《め》張《は》る
花々《はなばな》がふわふわ咲《さ》く
　陽光《ようこう》の春《はる》

父《とう》さんは
　鍬《くわ》を持《も》ち出《だ》して
皐月晴《さつきば》れにトマトの
　植《う》え付《つ》けをして

そしてそれから
　わが世《よ》の春《はる》とばかりに休憩《きゆうけい》
じっくり楽《たの》しむ
　テレビの野《や》球《きゆう》中《ちゆう》継《けい》

戦争《せんそう》の苦悩《くのう》

戦《せん》争《そう》というテーマは、たくさんの偉大《いだい》な詩《し》を生《う》み出《だ》してきました。戦《たたか》う者《もの》たちの勇気《ゆうき》や気高《けだか》さ、犠牲《ぎせい》、そして彼《かれ》らを愛《あい》する者《もの》たちの苦悩《くのう》と喪失感《そうしつかん》が、多《おお》くの詩《し》に描《えが》かれています。詩《し》をとおして兵士《へいし》を称《たた》えるのは、彼《かれ》らに感謝《かんしや》の気持《きも》ちを示《しめ》し、未来《みらい》の世代《せだい》を鼓舞《こぶ》する方法《ほうほう》のひとつです。反対《はんたい》に、戦争《せんそう》の無益《むえき》さも昔《むかし》から詩《し》にとりあげられています。詩人《しじん》には、権力者《けんりよくしや》に真実《しんじつ》をつきつける役割《やくわり》があるからです。バイロン卿《きよう》の「センナケリブの破滅《はめつ》」やシェイクスピアの『ヘンリー五《ご》世《せい》』に登場《とうじよう》する聖《せい》クリスピンの祭日《さいじつ》の演説《えんぜつ》は、偉業《いぎよう》をなした英雄《えいゆう》たちの不朽《ふきゆう》の名声《めいせい》について表現《ひようげん》しています。一方《いつぽう》で、ナボコフの「子供《こども》の頃《ころ》よくころんだ」をはじめとする現代《げんだい》の詩《し》は、兵士《へいし》がひとりの人間《にんげん》であることや、戦争《せんそう》が呼《よ》び起《お》こす倫理的《りんりてき》なジレンマといったテーマをあつかっています。

アルフレッド・テニスン卿《きよう》の「軽騎兵旅団《けいきへいりよだん》の突撃《とつげき》」は、非常《ひじよう》に力強《ちからづよ》い反戦《はんせん》の詩《し》です。多《おお》くのイギリス人《じん》が命《いのち》を落《お》としたクリミア戦争《せんそう》について書《か》かれていて、テニスン卿《きよう》は突撃《とつげき》を指示《しじ》した将校《しようこう》を責《せ》める一方《いつぽう》で、それを実行《じつこう》した兵士《へいし》の勇気《ゆうき》を称《たた》えています。そのような犠牲《ぎせい》が払《はら》われるのは崇高《すうこう》な目的《もくてき》のためだと思《おも》いたいですが、かならずしもそうとはかぎりません。命《いのち》を落《お》とした兵士《へいし》たちのことを考《かんが》えれば、戦争《せんそう》の意味《いみ》を問《と》うことも必要《ひつよう》だと、この詩《し》は教《おし》えてくれます。こうした詩《し》を心《こころ》のなかにしまっておき、必要《ひつよう》なときに思《おも》い出《だ》せば、慰《なぐさ》めや強《つよ》い意志《いし》が与《あた》えられることでしょう。

また、この章《しよう》には、第二次世界大戦《だいにじせかいたいせん》で上等兵《じようとうへい》だったC・G・ティッガスの「絶対命令《ぜつたいめいれい》」という詩《し》もおさめました。兵士《へいし》の故郷《こきよう》への帰還《きかん》について描《えが》いた作品《さくひん》です。ナチスがドイツの諸教会《しよきようかい》を支配《しはい》したことに反対《はんたい》し、ダッハウ強制収容所《きようせいしゆうようじよ》に送《おく》られたマルティン・ニーメラー牧師《ぼくし》の詩《し》も胸《むね》を打《う》ちます。

シェイマス・ヒーニーは、カトリックとプロテスタントが激《はげ》しく対立《たいりつ》していた時期《じき》の北《きた》アイルランドで育《そだ》ちました。彼《かれ》は1995年《ねん》にノーベル文学賞《ぶんがくしよう》を受賞《じゆしよう》したとき、記念講演《きねんこうえん》である事件《じけん》について語《かた》りました。労働者《ろうどうしや》たちを乗《の》せたミニバスが武装勢力《ぶそうせいりよく》に襲《おそ》われたときのことです。犯人《はんにん》たちは、バスから全員《ぜんいん》を降《お》ろし、「このなかにカトリックはいるか」と問《と》いました。たったひとり、カトリックの信者《しんじや》がいました。彼《かれ》は、名乗《なの》り出《で》ることによって銃殺《じゆうさつ》されるか、沈黙《ちんもく》をとおして命《いのち》を守《まも》るか、選択《せんたく》を迫《せま》られたのです。そのとき、隣《となり》にいたプロテスタントの男性《だんせい》が、そっと彼《かれ》の手《て》を握《にぎ》りました。黙《だま》っていても誰《だれ》も告《つ》げ口《ぐち》しないよ、という合図《あいず》です。でもカトリックの男性《だんせい》は進《すす》み出《で》ることを選《えら》びました。すると、犯人《はんにん》たちは彼《かれ》をよけ、残《のこ》りの労働者《ろうどうしや》たちに銃《じゆう》を向《む》けて乱射《らんしや》したのです。

「手《て》を握《にぎ》る」というしぐさを、ヒーニーは兄弟愛《きようだいあい》の象徴《しようちよう》としてとらえています。どんなに暴力《ぼうりよく》に満《み》ちた世界《せかい》でも、人間《にんげん》の心《こころ》を信《しん》じれば明《あか》るい未来《みらい》は訪《おとず》れる。このささやかなしぐさがそれを表《あらわ》しています。私《わたし》たちの使命《しめい》は、決《けつ》して現実《げんじつ》から目《め》をそむけないこと。そして、暴力《ぼうりよく》を目《め》にしたらそれに立《た》ち向《む》かうこと。ひとりの勇気《ゆうき》ある行動《こうどう》は世界中《せかいじゆう》に広《ひろ》まっていく――ヒーニーの言葉《ことば》を借《か》りると、「生涯《しようがい》に一度《いちど》は／正義《せいぎ》の高潮《たかしお》が起《お》こりうる／そして歴史《れきし》と希望《きぼう》が軌《き》を一《いつ》にして押韻《おういん》する」ということが証明《しようめい》されるのです。

意志《いし》よ、難儀《なんぎ》の海《うみ》に溺《おぼ》れても

アルキロコス
ケネス・レクスロース英訳《えいやく》

意志《いし》よ、難儀《なんぎ》の海《うみ》に溺《おぼ》れても
起《お》き上《あ》がれ、意欲満々《いよくまんまん》の敵《てき》どもの渦巻《うずま》きから
己自身《おのれじしん》を救《すく》え
勇気《ゆうき》が待《ま》ち伏《ぶ》せを暴《あば》く
不撓不屈《ふとうふくつ》が敵《てき》どもを壊滅《かいめつ》させる
勝利《しょうり》を隠《かく》しておけ
敗北《はいぼく》に憮然《ぶぜん》とするな
善《ぜん》を受《う》け容《い》れよ　悪《あく》に折《お》れよ
万人《ばんにん》を拘束《こうそく》する律動《りつどう》を会得《えとく》せよ

センナケリブの破《は》滅《めつ》

ジョージ・ゴードン・バイロン卿《きょう》

アッシリア人《じん》は山《やま》あいの狼《おおかみ》のごとく襲来《しゅうらい》した
その歩兵隊《ほへいたい》が深紅《しんく》と金色《こんじき》にきらめく
手《て》に持《も》つ槍《やり》の閃光《せんこう》は海《うみ》に映《うつ》る星《ほし》のごとく
青《あお》い波《なみ》がガリラヤの湖《みずうみ》の深《ふか》みに逆巻《さかま》いた

緑《みどり》一色《いっしょく》の夏《なつ》の森《もり》の葉叢《はむら》のごとく
旗《はた》ひるがえす軍勢《ぐんぜい》が夕陽《ゆうひ》の中《なか》に見《み》えた
秋風《あきかぜ》に吹《ふ》かれる森《もり》の葉叢《はむら》のごとく
その軍勢《ぐんぜい》は翌日《よくじつ》萎《しお》れて散《ち》らばった

なぜなら死《し》の天使《てんし》が疾風《しっぷう》に翼《つばさ》をひろげ
敵《てき》の顔面《がんめん》に息吹《いきふ》きかけて通《とお》り過《す》ぎたから
眠《ねむ》れる者《もの》らの眼《まなこ》は死人《しにん》の冷《つめ》たい眼《まなこ》
その心《しん》の臓《ぞう》は一度《いちど》のみ高《たか》まって永久《とわ》に静止《せいし》！

そして駿馬《しゅんめ》が横《よこ》たわって鼻孔《びこう》をおおきく開《ひら》くも
誇《ほこ》りの息《いき》はそこからもれ出《だ》すことなし
喘《あえ》ぎの泡《あわ》が白《しろ》く芝地《しばち》にひろがり
岩《いわ》を打《う》つ寄《よ》せ波《なみ》のしぶきのごとく冷《つめ》たく

乗《の》り手《て》は横《よこ》たわり手足《てあし》ゆがんで顔《かお》に血《ち》の気《け》なく
額《ひたい》には露《つゆ》、鎧《よろい》には錆《さび》
天幕《てんまく》はすべて静寂《せいじゃく》、ただただ旗《はた》また旗《はた》
槍《やり》突《つ》き上《あ》げられず喇叭《らっぱ》吹《ふ》き鳴《な》らされず

アッシュールの寡婦《かふ》らの嘆《なげ》きの声高《こえたか》く
偶像《ぐうぞう》の損壊《そんかい》したバアルの寺院《じいん》
異教徒《いきょうと》の力《ちから》は剣《つるぎ》の一撃《いちげき》を受《う》けることなく
主《しゅ》の眼差《まなざ》しのなか雪《ゆき》のごとく溶《と》けた！

オジマンディアス

パーシー・ビッシュ・シェリー

古《いにしえ》の地《ち》から来《き》た旅人《たびびと》の語《かた》るには
胴体《どうたい》なき巨石《きよせき》の二本足《にほんあし》が砂漠《さばく》に立《た》ち
その近《ちか》くの砂丘《さきゆう》には
半《なか》ばうずもれて壊《こわ》れた顔《かお》かたち
渋面《じゆうめん》のゆがむ唇《くちびる》と冷《つめ》たい支配《しはい》の嘲笑《ちようしよう》は
彫刻師《ちようこくし》がその激情《げきじよう》をよく読《よ》み取《と》っていたからだ
その激情《げきじよう》は命《いのち》のない石《いし》に刻《きざ》み込《こ》まれそれを模《も》した手《て》や
それを育《そだ》てた心《こころ》よりも生《い》きながらえる
台座《だいざ》にはこの文言《もんごん》が現《あらわ》れる
「われの名《な》はオジマンディアス、王《おう》の中《なか》の王《おう》なり
わが業《わざ》を見《み》よ、汝《なんじ》ら強大《きようだい》な者《もの》たち、そして絶望《ぜつぼう》せよ!」
それ以外《いがい》にはなんら残《のこ》るもの無《な》し
巨大《きよだい》な残骸《ざんがい》の凋落《ちようらく》のまわりに果《は》てしなくむき出《だ》しに
寂《さび》しき起伏《きふく》なき砂地《すなち》がかなたへ広《ひろ》がる

『ヘンリー五世《ごせい》』4幕《まく》3場《ば》より

ウィリアム・シェイクスピア

この物語《ものがたり》は男親《おとこおや》から息子《むすこ》へと語《かた》り継《つ》がれる
そしてクリスピン=クリスピアンが訪《おとず》れるたびに
今日《きょう》この日《ひ》からこの世《よ》の終《お》わりまで
われらはその語《かた》りの中《なか》で思《おも》い起《お》こされるであろう、
われら少数《しょうすう》、われら幸《しあわ》せなる少数《しょうすう》、われら兄弟《きょうだい》の軍団《ぐんだん》は。
なぜなら今日《きょう》われらとともに血《ち》を流《なが》す者《もの》は
わが兄弟《きょうだい》となるからだ。いかに卑賤《ひせん》の身《み》とて
今日《きょう》この日《ひ》がその境遇《きょうぐう》を貴紳《きしん》に列《れつ》する、
そして今《いま》ベッドに仰臥《ぎょうが》するイングランドの貴族《きぞく》らは
ここにいなかった己《おのれ》の不運《ふうん》を呪《のろ》わしく思《おも》い
聖《せい》クリスピンの日《ひ》にわれらと戦《たたか》った者《もの》が口《くち》を開《ひら》くたびに
断魂《だんこん》の恥《は》じらいを感《かん》じるであろう。

シャイロー

鎮魂歌《ちんこんか》

(1862年《ねん》4月《がつ》)

ハーマン・メルヴィル

すいッすいッと軽《かろ》やかに、静《しず》かに円《えん》を描《えが》いて
　　燕《つばめ》たちが低《ひく》く飛《と》ぶ
曇《くも》りの日々《ひび》の野《の》を
　　シャイローの森《もり》の野《の》を——
その野《の》で四月《しがつ》の雨《あめ》が
苦痛《くつう》に寝《ね》そべる渇《かわ》ききった者《もの》らを慰《なぐさ》める
日曜日《にちようび》の戦闘《せんとう》から
一夜明《いちやあ》けた
　　シャイローの教会《きょうかい》のあたり——
教会《きょうかい》だけがぽつんと寂《さび》しく、丸太造《まるたづく》りの教会《きょうかい》
数多《あまた》の瀕死《ひんし》のうめきにこだまを返《かえ》し
　　　瀕死《ひんし》の敵兵《てきへい》たちの自然《しぜん》な祈《いの》りが
　　そこに混《ま》じる——
朝《あさ》の敵《てき》は宵《よい》の友《とも》——
　　名声《めいせい》にも国《くに》にも無関心《むかんしん》
(弾丸《だんがん》ほど迷《まよ》いをさますものはない!)
　　だが今《いま》は皆低《みなひく》く横《よこ》たわる
その上《うえ》を燕《つばめ》たちが飛《と》び交《か》う
　　静《しず》まり返《かえ》るシャイロー

ゲティスバーグの演説《えんぜつ》

エイブラハム・リンカーン

1863年《ねん》11月《がつ》19日《にち》

八十年《はちじゅうねん》と七年前《しちねんまえ》、
われわれの父《ちち》たちは、この大陸《たいりく》に新《あたら》しい国家《こっか》をもたらしました。
その国家《こっか》は自由《じゆう》の胎内《たいない》に宿《やど》され、
すべての人間《にんげん》は生《う》まれながらにして平等《びょうどう》であるという信条《しんじょう》に身《み》を捧《ささ》げるのです。

われわれは今《いま》、ただならぬ内戦《ないせん》の渦中《かちゅう》にあります。
そのように宿《やど》され、そのように身《み》を捧《ささ》げる国家《こっか》が、
はたして存続《そんぞく》できるのかどうかが試《ため》されています。

その戦争《せんそう》の最《もっと》も激《はげ》しい戦場《せんじょう》に、われわれはこうして集《つど》いました。
この国家《こっか》を永続《えいぞく》させるために
命《いのち》を投《な》げ出《だ》した人々《ひとびと》の終《つい》の安住《あんじゅう》の地《ち》として、
この戦場《せんじょう》の一部《いちぶ》を捧《ささ》げるために、こうして集《つど》いました。
われわれがなすべき至極当然《しごくとうぜん》の行《おこな》いです。

しかし、より広《ひろ》い意味《いみ》では、この地《ち》を捧《ささ》げることも、
神聖化《しんせいか》することも、浄《きよ》めることも、われわれにはできません。
生《い》き残《のこ》った人々《ひとびと》であれ戦死《せんし》した人々《ひとびと》であれ、ここで戦《たたか》った勇敢《ゆうかん》な人々《ひとびと》こそが、
この地《ち》を浄《きよ》めたのです。われわれの乏《とぼ》しい力《ちから》では、何《なに》かを加《くわ》えたり減《げん》じたりすることはできません。

われわれがここで何《なに》を語《かた》ろうと、世界《せかい》は注目《ちゅうもく》しないでしょうし、長《なが》く記憶《きおく》にとどめることもしないでしょう。
しかし、彼《かれ》らがここでなしとげたことは、けっして 忘《わす》れ去《さ》られることはないでしょう。

生《い》けるわれわれの使命《しめい》は、
ここで戦《たたか》った人々《ひとびと》が立派《りっぱ》に前進《ぜんしん》させてきた
未完《みかん》の仕事《しごと》に身《み》を捧《ささ》げることです。

残《のこ》された大《おお》きな責務《せきむ》に身《み》を捧《ささ》げるべきは、
ここにいるわれわれです。
誉《ほま》れある死者《ししゃ》たちが最後《さいご》まで全身全霊《ぜんしんぜんれい》を注《そそ》いだ目的《もくてき》に対《たい》し、
われわれはより強《つよ》く献身《けんしん》しなければなりません。
われわれは固《かた》く誓《ちか》います。
彼《かれ》らの死《し》を無駄《むだ》にしないことを、
この国家《こっか》が神《かみ》のもとで新《あら》たな自由《じゆう》を得《え》ることを、
そして国民《こくみん》のための、国民《こくみん》による、国民《こくみん》の統治《とうち》が
けっして地上《ちじょう》から失《うしな》われないことを。

軽《けい》騎《き》兵《へい》旅《りよ》団《だん》の突《とつ》撃《げき》

アルフレッド・テニスン卿《きよう》

半《はん》リーグ、半《はん》リーグ
また半《はん》リーグと進《すす》み行《ゆ》く
死《し》の谷《たに》を行《ゆ》く
　総《そう》勢《ぜい》六《ろつ》百《ぴやく》騎《き》
「前《ぜん》進《しん》、軽《けい》騎《き》兵《へい》隊《たい》！
砲《ほう》陣《じん》突《とつ》撃《げき》！」
死《し》の谷《たに》へ
　進《すす》み行《ゆ》く六《ろつ》百《ぴやく》騎《き》

「前《ぜん》進《しん》、軽《けい》騎《き》兵《へい》隊《たい》！」
周《しゆう》章《しよう》狼《ろう》狽《ばい》する者《もの》はない
誰《だれ》かの失《しつ》錯《さく》があったと
　兵《へい》士《し》が知《し》ったとて
返《へん》事《じ》は不《ふ》要《よう》
理《り》由《ゆう》も不《ふ》要《よう》
ただ前《ぜん》進《しん》して死《し》ぬのみ
死《し》の谷《たに》へ
　進《すす》み行《ゆ》く六《ろつ》百《ぴやく》騎《き》

右《みぎ》に砲《ほう》弾《だん》
左《ひだり》に砲《ほう》弾《だん》
前《ぜん》方《ぽう》に砲《ほう》弾《だん》
　一《いつ》斉《せい》砲《ほう》撃《げき》にとどろく轟《ごう》音《おん》
炸《さく》裂《れつ》する砲《ほう》弾《だん》の嵐《あらし》に
ひるむことなく進《すす》み行《ゆ》く
死《しに》神《がみ》の顎《あご》へと
地《じ》獄《ごく》の口《くち》へと
　進《すす》み行《ゆ》く六《ろつ》百《ぴやく》騎《き》

全《ぜん》騎《き》兵《へい》が抜《ぬ》き身《み》のサーベルを燦《きら》めかせ
燦《きら》めくサーベルが中《ちゆう》空《くう》に撓《しな》い
砲《ほう》兵《へい》に斬《き》りかかり
砲《ほう》隊《たい》に突《とつ》撃《げき》し
　誰《だれ》も彼《かれ》もが驚《きよう》愕《がく》驚《きよう》嘆《たん》
硝《しよう》煙《えん》の中《なか》へ飛《と》び込《こ》んで
敵《てき》の隊《たい》列《れつ》を突《とつ》破《ぱ》する
コサック兵《へい》もロシア兵《へい》も
サーベル攻《こう》撃《げき》につんのめり
　打《う》ちのめされて総《そう》崩《くず》れ
それから騎《き》兵《へい》ら退《たい》却《きやく》し
　数《かず》の減《げん》じた六《ろつ》百《ぴやく》騎《き》

右《みぎ》に砲《ほう》弾《だん》
左《ひだり》に砲《ほう》弾《だん》
後《こう》方《ほう》に砲《ほう》弾《だん》
　一《いつ》斉《せい》射《しや》撃《げき》にとどろく轟《ごう》音《おん》
炸《さく》裂《れつ》する砲《ほう》弾《だん》の嵐《あらし》に
人《じん》馬《ば》ともども仆《たお》れゆく
見《み》事《ごと》に戦《たたか》い抜《ぬ》いて
死《しに》神《がみ》の顎《あご》をすり抜《ぬ》けて
地《じ》獄《ごく》の口《くち》から帰《き》還《かん》して
仲《なか》間《ま》を欠《か》いた兵《へい》士《し》たち
　数《かず》の欠《か》けた六《ろつ》百《ぴやく》騎《き》

その栄《えい》光《こう》は消《き》えることなし
ああ、勇《ゆう》猛《もう》果《か》敢《かん》な突《とつ》撃《げき》！
　誰《だれ》も彼《かれ》もが驚《きよう》愕《がく》驚《きよう》嘆《たん》
讃《たた》えよ、その突《とつ》撃《げき》を！
讃《たた》えよ、軽《けい》騎《き》兵《へい》隊《たい》を
　高《こう》潔《けつ》なる六《ろつ》百《ぴやく》騎《き》

絶対命令《ぜつたいめいれい》

C・G・ティッガス上等兵《じょうとうへい》

すべてが終《お》わり
ふるさとに戻《もど》ったとき
楽隊《がくたい》に迎《むか》えられては厄介《やつかい》
にぎやかな歓声《かんせい》もお節介《せつかい》
ただこれがなくては
すこぶる不可解《ふかかい》
戦《たたか》いの目的《もくてき》だったあれやこれ
わかってくれたかい？

子供《こども》の頃《ころ》よくころんだ

ウラジーミル・ナボコフ

子供《こども》の頃《ころ》よくころんだ
砂場《すなば》やカーペットにのめくる
べたりと突《つ》っ伏《ぷ》してから決心《けつしん》した
起《お》き上《あが》る、それとも泣《な》きじゃくる

戦闘《せんとう》の果《は》てにべたりと突《つ》っ伏《ぷ》して
丘《おか》の中腹《ちゅうふく》でもはや残《のこ》らぬ底力《そこぢから》
しかし決心《けつしん》することはなにもない
泣《な》くも起《お》きるもできないから

無名戦士《むめいせんし》

ビリー・ロウズ

ホワイトハウスの近《ちか》くに墓地《ぼち》がある
　　そこに無名戦士《むめいせんし》が眠《ねむ》る
まきちらされた花々《はなばな》が
　　母親《ははおや》の涙《なみだ》の靄《もや》に煙《けむ》る

ぼくは先日《せんじつ》そこを訪《おとず》れた
　　勇士《ゆうし》に捧《ささ》げる薔薇《ばら》をたずさえて
すると不意《ふい》に墓地《ぼち》から
　　声高《こわだか》に聞《き》こえて

幻《まぼろし》の声《こえ》は言《い》った
　　「おれは無名戦士《むめいせんし》だ
正直《しょうじき》に答《こた》えてくれ
　　さあ男同士《おとこどうし》だ

おれの仲間《なかま》らは大事《だいじ》にされてるか？
　　仲間《なかま》らの勝利《しょうり》は見事《みごと》だったか？
街《まち》で鉛筆《えんぴつ》売《う》るのが
　　大《おお》きなご褒美《ほうび》なのか？

連中《れんちゅう》は本当《ほんとう》に自由《じゆう》を勝《か》ち取《と》ったのか
　　戦《たたか》いの目的《もくてき》だった自由《じゆう》を？
おまえはまだ戦功十字章《せんこうじゅうじしょう》を敬《うやま》うか
　　誰《だれ》も袖《そで》を通《とお》さぬ軍服《ぐんぷく》の勲章《くんしょう》を？

窓《まど》に輝《かがや》く金色《きんいろ》の星《ほし》は
　　今《いま》や何《なん》の意味《いみ》がある？
喇叭《らっぱ》が鳴《な》り響《ひび》いたら
　　おれの昔《むかし》の女《おんな》は何《なに》を思《おも》う？

『ハロー、セントラル、ノーマンズ・ランド』
　　という歌《うた》が流行《はや》ったあの頃《ころ》
軍楽隊《ぐんがくたい》の音楽《おんがく》が満《み》たしてくれるのか？
　　パパを失《うしな》ったあの子《こ》の心《こころ》

戦争成金《せんそうなりきん》どもは
　　欲《よく》を満《み》たせたのか？
兵士《へいし》の母《はは》は
　　生活《せいかつ》に困《こま》っていないのか？

王《おう》たちは本当《ほんとう》に満足《まんぞく》したのか？
　　すべてを企《くわだ》てた張本人《ちようほんにん》
彼《かれ》らの陣取《じんと》りゲームで
　　命《いのち》を落《お》としたのは一千百万人《いつせんひやくまんにん》

おれは無名戦士《むめいせんし》だ
　　おれは無駄死《むだじ》にしたのかもしれん
だがもし生《い》きていてまた召集《しようしゆう》されたら
　　ふたたび戦《たたか》いに出《で》よう」

彼《かれ》らが最初《さいしょ》にユダヤ人《じん》を襲《おそ》ったとき

マルティン・ニーメラー

彼《かれ》らが最初《さいしょ》にユダヤ人《じん》を襲《おそ》ったとき、私《わたし》は声《こえ》をあげなかった
私《わたし》はユダヤ人《じん》でなかったからだ

それから共産主義者《きょうさんしゅぎしゃ》を襲《おそ》ったとき、私《わたし》は声《こえ》をあげなかった
私《わたし》は共産主義者《きょうさんしゅぎしゃ》でなかったからだ

それから彼《かれ》らは労働組合員《ろうどうくみあいいん》を襲《おそ》い、私《わたし》は声《こえ》をあげなかった
私《わたし》は労働組合員《ろうどうくみあいいん》でなかったからだ

それから彼《かれ》らは私《わたし》を襲《おそ》ってきた
そして私《わたし》のために声《こえ》をあげる者《もの》は
ひとりも残《のこ》っていなかった

「レムノスからの声《こえ》」より

シェイマス・ヒーニー

人間《にんげん》は苦《くる》しむ
痛《いた》めつけ合《あ》い
傷《きず》つき頑《かたく》なになる
詩《し》も芝居《しばい》も歌《うた》も
人《ひと》が強《し》いられて耐《た》えた不正《ふせい》を
十全《じゅうぜん》に正《ただ》すことができない

歴史《れきし》は言《い》う、墓《はか》の
こちら側《がわ》で希望《きぼう》を抱《いだ》くな
しかし生涯《しょうがい》に一度《いちど》は
待《ま》ち焦《こ》がれる正義《せいぎ》の
高潮《たかしお》が起《お》こりうる
そして歴史《れきし》と希望《きぼう》が軌《き》を一《いつ》にして押韻《おういん》する

だから復讐《ふくしゅう》とは遠《とお》い側《がわ》に
うねりの大変動《だいへんどう》を願《ねが》うことだ
その遠《とお》い岸辺《きしべ》が
ここからも到達可能《とうたつかのう》であると信《しん》じることだ
奇跡《きせき》を信《しん》じろ
治療《ちりょう》と治癒《ちゆ》の泉《いずみ》を信《しん》じろ

奇跡《きせき》を自己治癒《じこちゆ》と思《おも》え
自《みずか》らを見《み》つめ直《なお》すことで得《え》られる
全面的《ぜんめんてき》な自己啓示《じこけいじ》だと思《おも》え
もし山《やま》に火《ひ》が燃《も》え盛《さか》り
雷《かみなり》がとどろき嵐《あらし》が吹《ふ》き荒《あ》れ
天《てん》から神《かみ》の声《こえ》が下《くだ》るなら

時来《ときき》たりて新《あら》たな生命《せいめい》が生《う》まれる
その悲鳴《ひめい》と産声《うぶごえ》を
誰《だれ》かが聞《き》いているということ
つまり生涯《しょうがい》に一度《いちど》は
正義《せいぎ》の高潮《たかしお》が起《お》こりうる
そして歴史《れきし》と希望《きぼう》が軌《き》を一《いつ》にして押韻《おういん》する

平和《へいわ》

ジェラード・マンリー・ホプキンズ

へいわの申《もう》し子《ご》森鳩《もりばと》よ、物怖《ものお》じする羽根《はね》を閉《と》じて
いまこそ飛《と》び回《まわ》るのをやめてわが枝《えだ》に抱《いだ》かれよ
わだかまりなきわれは、平和《へいわ》よ、おまえを待《ま》つ
へたへたへこむ平和《へいわ》はへんてつもなし
いさかいといくさの息巻《いきま》きにいたたまれず
わりなきわざわいに平和《へいわ》はわななくのみか

もちろん、平和《へいわ》を強奪《ごうだつ》したものの、わが主《しゅ》はその代《か》わりに
利《り》をもたらす！　そして主《しゅ》の残《のこ》す美妙《みみょう》なる忍耐《にんたい》が
ばたばた羽《は》ばたいて平和《へいわ》となり、そして平和《へいわ》がそこに住《す》まうとき
とっておきの務《つと》めを伴《ともな》い、それはくうくうと啼《な》くことではなく
寄《よ》り添《そ》いて巣《す》にこもり卵《たまご》を抱《いだ》くことだ

自然《しぜん》に囲《かこ》まれて

ロバート・ルイス・スティーヴンソンのたった２行《ぎょう》の詩《し》「わあ、いろいろいっぱいたくさんあるんだ／王《おう》さまみたいにみんなしあわせになれるんだ」は、いつも何《なに》かに興味《きょうみ》を持《も》ち、そのすばらしさを語《かた》ろうとする詩人《しじん》の精神《せいしん》をうかがわせます。

なぜかならず朝《あさ》が訪《おとず》れるのか、なぜ四季《しき》の移《うつ》り変《か》わりがあるのか、人間《にんげん》はどういう存在《そんざい》なのか —— 子供《こども》や詩人《しじん》は、昔《むかし》からこうしたことに考《かんが》えをめぐらせてきました。わが息子《むすこ》のお気《き》に入《い》りの詩《し》は、ウォーレス・スティーヴンズの「ガラス壺《つぼ》の逸話《いつわ》」です。この詩《し》が心《こころ》のなかにあったため、教室《きょうしつ》のなかにいながら、豊《ゆた》かな自然《しぜん》とのつながりを感《かん》じることができたと言《い》います。

ナバホ族《ぞく》の祈《いの》り「美《うつく》しく歩《あゆ》まん」は、自然界《しぜんかい》の調和《ちょうわ》について表現《ひょうげん》しています。そして、オウィディウスの『変身物語《へんしんものがたり》』の抜粋《ばっすい》をとおして、世界《せかい》のはじまりに思《おも》いをはせることができるでしょう。

「無垢《むく》の予兆《よちょう》」より

ウィリアム・ブレイク

一粒《ひとつぶ》の砂《すな》に世界《せかい》を
一輪《いちりん》の野《の》の花《はな》に天国《てんごく》を見《み》る
きみの両手《りょうて》の掌《たなごころ》に無限《むげん》を
一刻《いっこく》の中《なか》に永遠《えいえん》をとらえる

わあ、いっぱいたくさんなんでもあるんだ

ロバート・ルイス・スティーヴンソン

わあ、いろいろいっぱいたくさんあるんだ
王《おう》さまみたいにみんなしあわせになれるんだ

重《おも》いのはなに？

クリスティーナ・ロセッティ

重《おも》いのはなに？　海《うみ》の砂《すな》と悲《かな》しみ
短《みじか》いのはなに？　今日《きょう》と明日《あす》の楽《たの》しみ
儚《はかな》いのはなに？　春《はる》ひらく花《はな》と青春《せいしゅん》の佳日《かじつ》
深《ふか》いのはなに？　大海《たいかい》と真実《しんじつ》

献身《けんしん》

ロバート・フロスト

大海《たいかい》の岸辺《きしべ》でありつづけ
ひとつの湾曲《わんきょく》を保《たも》ちつつ
際限《さいげん》なき反復《はんぷく》をかぞえる
それ以上《いじょう》に偉大《いだい》な献身《けんしん》を人《ひと》の心《こころ》は思《おも》いつかない

「朝《あさ》」はほんとうに現《あらわ》れるかしら

エミリ・ディキンソン

「朝《あさ》」はほんとうに現《あらわ》れるかしら
「日《ひ》」なんてものはあるのかしら
山《やま》からなら見《み》られるのかしら
山《やま》と同《おな》じくらいの背丈《せたけ》なら

睡蓮《すいれん》みたいに足《あし》があるかしら
鳥《とり》みたいに羽根《はね》があるかしら
有名《ゆうめい》な国々《くにぐに》から運《はこ》ばれてくるのかな
あたしの聞《き》いたことのない国々《くにぐに》から

ああ学者《がくしや》さん！　ああ水夫《すいふ》さん！
ああ天《てん》に住《す》まう魔法使《まほうつか》いさん！
ちびっこ巡礼《じゆんれい》にどうか教《おし》えてくださいな
「朝《あさ》」という名《な》の場所《ばしよ》がどこにあるかを！

朝《あさ》の街《まち》はバラードを歌《うた》う

アミリ・バラカ

朝《あさ》は私《わたし》をとりこにする
朝《あさ》真《ま》っ盛《さか》りがやって来《き》た
心《こころ》をこめて
おはようを言《い》う

朝《あさ》の街《まち》はバラードを歌《うた》う
甘《あま》い声《こえ》の響《ひび》きで
ひんやりあたたかい陽気《ようき》になる
見《み》上《あ》げれば灰色《はいいろ》から青《あお》に移《うつ》る朝《あさ》の窓《まど》
見《み》下《お》ろせば街《まち》には子供《こども》たちや壊《こわ》れた看板《かんばん》
そこには混《ま》じりっけのない愛《あい》の魔法《まほう》
すばらしき日《ひ》よ、私《わたし》のところへおいで、一緒《いつしよ》に過《す》ごそう
おまえの炎《ほのお》を味《あじ》わわせてくれ

きみはだれだ、このちびっこ目《め》

E・E・カミングズ

きみはだれだ、このちびっこ目《め》

(五歳《ごさい》か六歳《ろくさい》)
のぞいているな、どこかの高《たか》い

窓《まど》から、金色《きんいろ》の
十一月《じゅういちがつ》の夕陽《ゆうひ》を

(そして感《かん》じている、もし昼《ひる》が
夜《よる》にならなくてはならないなら

こんな美《うつく》しい変《か》わりかたをするんだ)

美《うつく》しく歩《あゆ》まん

ナバホ族《ぞく》の祈《いの》り

ジェローム・K・ローゼンバーグ英訳《えいやく》

美《うつく》しく　　　　　　　　　　　歩《あゆ》まん
一日中《いちにちじゅう》　　　　　　　　　　　歩《あゆ》まん
移《うつ》り変《か》わる季節《きせつ》を　　　　　　歩《あゆ》まん
美《び》の中《なか》でふたたび与《あた》えられますように
鳥《とり》とともに
喜《よろこ》びにあふれる鳥《とり》とともに
花粉《かふん》に縁《ふち》どられた道《みち》を　　　　歩《あゆ》まん
バッタが足元《あしもと》で跳《は》ねる中《なか》を　　歩《あゆ》まん
足《あし》を濡《ぬ》らす露《つゆ》の上《うえ》を　　　　歩《あゆ》まん
美《び》とともに　　　　　　　　　　歩《あゆ》まん
美《び》を目前《もくぜん》に　　　　　　　　　歩《あゆ》まん
美《び》を背《せ》にして　　　　　　　　歩《あゆ》まん
美《び》に見《み》下《お》ろされて　　　　　　歩《あゆ》まん
美《び》に囲《かこ》まれて　　　　　　　　歩《あゆ》まん
老《お》いて、美《び》の道《みち》をさまよいながら
生《い》き生《い》きと　　　　　　　　　歩《あゆ》まん
老《お》いて、美《び》の道《みち》をさまよいながら
ふたたび生《い》きて　　　　　　　　歩《あゆ》まん
終《しま》いは美《うつく》しく
終《しま》いは美《うつく》しく

トミー

グウェンドリン・ブルックス

種《たね》をひとつぶ土《つち》に埋《う》めた
「育《そだ》つのを見《み》ててあげよう」と言《い》って
知《し》るかぎり上手《じょうず》に
水《みず》をやり世話《せわ》をした
ある日《ひ》裏庭《うらにわ》に入《はい》ると
まあ目《め》の前《まえ》に！
わたしの種《たね》がはじけちゃってる
相談《そうだん》もなしに

『お気《き》に召《め》すまま』２幕《まく》５場《ば》より

ウィリアム・シェイクスピア

　緑林《りょくりん》の木陰《こかげ》に
　われと来《き》て寝《ね》そべりたい者《もの》
　甘《あま》い小鳥《ことり》の声《こえ》に合《あ》わせて
　陽気《ようき》な歌《うた》を歌《うた》いたい者《もの》
来《く》るがよい、来《く》るがよい、ここへ
　ここにはいない
　敵《てき》はいない
敵《てき》はただ冬《ふゆ》と嵐《あらし》のみ

　野心《やしん》を断《た》つ者《もの》
　陽光《ようこう》の中《なか》に生《い》きたい者《もの》
　日々《ひび》の糧《かて》を探《さが》し求《もと》め
　得《え》たもので満足《まんぞく》する者《もの》
来《く》るがよい、来《く》るがよい、ここへ
　ここにはいない
　敵《てき》はいない
敵《てき》はただ冬《ふゆ》と嵐《あらし》のみ

ガラス壺《つぼ》の逸話《いつわ》

ウォーレス・スティーヴンズ

私《わたし》は一個《いっこ》のガラス壺《つぼ》をテネシー州《しゅう》に置《お》いた
丸《まる》い胴体《どうたい》が、丘《おか》に立《た》つ
それはものぐさな野生《やせい》に
その丘《おか》を囲《かこ》ませた

野生《やせい》はそこへ迫《せ》り上《あ》がり
まわりに無造作《むぞうさ》にひろがり、もはや野生《やせい》でなくなった
丸《まる》い胴体《どうたい》は地面《じめん》に立《た》つ
背丈《せたけ》が伸《の》びて風采《ふうさい》をただよわせた

それはいたるところを支配《しはい》した
グレーの肌《はだ》がむき出《だ》しだった
鳥《とり》や藪《やぶ》の片鱗《へんりん》をちらりとも見《み》せず
テネシー州《しゅう》のほかの何《なに》ものとも違《ちが》った

雪男《ゆきおとこ》

ウォーレス・スティーヴンズ

冬《ふゆ》の心《こころ》を持《も》ってこそ
霜《しも》を凝視《ぎょうし》し松《まつ》の枝《えだ》ぶりに
凍《い》てつく雪《ゆき》を凝視《ぎょうし》できる

長《なが》い間《あいだ》寒《さむ》さにかじかんでから
柏槇《びゃくしん》に毛羽立《けばだ》つ氷《こおり》を眺《なが》める
唐檜《とうひ》のごつごつを照《て》らす遠《とお》いきらめきは

一月《いちがつ》の太陽《たいよう》、そしていささかも
悲惨《ひさん》の思《おも》い浮《う》かぶことのない風《かぜ》の音《おと》は
数少《かずすく》ない葉《は》の音《おと》

それは土地《とち》の音《おと》
どこもかしこも同《おな》じ風《かぜ》が
同《おな》じむき出《だ》しの場所《ばしょ》に吹《ふ》きつけている

というのも雪《ゆき》の中《なか》で耳《みみ》をすます聞《き》き手《て》は
しかも己《おのれ》が無《む》であるため眼前《がんぜん》に見《み》るのは
そこに存在《そんざい》しない無《む》とそこに存在《そんざい》する無《む》だ

冬《ふゆ》の木々《きぎ》

ウィリアム・カーロス・ウィリアムズ

入《い》り組《く》んだ細目《さいもく》の

盛装《せいそう》と

脱衣《だつい》が完了《かんりょう》！

透明《とうめい》な月《つき》が

しずしずと動《うご》く

長《なが》い大枝《おおえだ》の間《あいだ》を

こうして若芽《わかめ》の準備《じゅんび》を終《お》えて

確実《かくじつ》に来《きた》る冬《ふゆ》にそなえ

賢《かしこ》い木々《きぎ》が

まどろみつつ寒中《かんちゅう》に立《た》つ

『変身物語《へんしんものがたり》』より

オウィディウス

創造主《そうぞうしゅ》は境界《きょうかい》を定《さだ》め
すべてのものをそれぞれの領域《りょういき》に分《わ》けた

するとたちまち、星《ほし》たちが輝《かがや》きはじめた
長《なが》きにわたり真《ま》っ暗闇《くらやみ》のなか
閉《と》じ込《こ》められていた天空《てんくう》に

宇宙《うちゅう》のすみずみまで生命《せいめい》がみなぎるために
創造主《そうぞうしゅ》は命《めい》じた

天《てん》には輝《かがや》かしい星《ほし》や神々《かみがみ》が宿《やど》り
海《うみ》には銀鱗《ぎんりん》光《ひか》る魚《さかな》たちが泳《およ》ぎ
陸《りく》には獣《けもの》たちが走《はし》り
突風《とっぷう》の吹《ふ》く空《そら》には鳥《とり》たちが飛《と》び交《か》うようにと

そこに欠《か》けていたのは
高《たか》い知性《ちせい》を持《も》つ神聖《しんせい》なる動物《どうぶつ》
すべての創造物《そうぞうぶつ》を治《おさ》める支配者《しはいしゃ》

こうして人間《にんげん》が誕生《たんじょう》した
創造主《そうぞうしゅ》がよりよき世界《せかい》を築《きず》くため
みずからの聖《せい》なる種《しゅ》から人間《にんげん》を作《つく》ったのか

もしくは天空《てんくう》から分離《ぶんり》して
生《う》まれたばかりの大地《だいち》が
なじみある天空《てんくう》からその精髄《せいずい》を持《も》ち去《さ》ったのか

創造主《そうぞうしゅ》が作《つく》ったその大地《だいち》を
プロメテウスがこね上《あ》げた
雨水《あまみず》と混《ま》ぜ合《あ》わせ
万物《ばんぶつ》を支配《しはい》する神々《かみがみ》に似《に》せて

動物《どうぶつ》たちは常《つね》に地面《じめん》を見《み》てうつむく
人間《にんげん》は常《つね》に天《てん》を仰《あお》ぎ見《み》て星《ほし》に顔《かお》を向《む》ける
そのように人間《にんげん》は作《つく》られた

こうして、かつては天然《てんねん》のまま
形《かたち》のなかった大地《だいち》が
今《いま》まで未知《みち》だった
人間《にんげん》の姿《すがた》をとることになった

世界《せかい》

ウィリアム・ブライティ・ランズ

偉大《いだい》な、広大《こうだい》な、美《うつく》しき、すばらしき世界《せかい》
きみを囲《かこ》むすばらしき大海《たいかい》
きみの胸《むね》にすばらしき草《くさ》むらが根生《ねお》い
世界《せかい》よ、きみの美《うつく》しき装《よそお》い

すばらしき気流《きりゅう》が頭上《ずじょう》にたわむれる
すばらしき風《かぜ》に立木《たちき》がゆれる
風《かぜ》は水面《みなも》を歩《ある》き、水車《すいしゃ》を回《まわ》す
そして丘《おか》のてっぺんと言葉《ことば》を交《か》わす

気《き》のおけない大地《だいち》よ！ どこまで続《つづ》くのか
穂《ほ》のなびく麦畑《むぎばたけ》や流《なが》れる川《かわ》に終《お》わりはないのか
町《まち》や庭《にわ》や崖《がけ》や小島《こじま》が連《つら》なり
何千《なんぜん》マイル先《さき》まで人《ひと》の住処《すみか》となり

ああ、きみはそんなに大《おお》きく、ぼくはこんなに小《ちい》さい
世界《せかい》よ、思《おも》うだけで身《み》ぶるいするきみの放《はな》つ光彩《こうさい》
でも今日《きょう》、祈《いの》りをとなえたとき気《き》づいた
ぼくの内《うち》なる声《こえ》がささやいた
「おまえはちっぽけな点《てん》だけれど、大地《だいち》より計《はか》り知《し》れない
おまえは愛《あい》するも考《かんが》えるもできるが、大地《だいち》はできない！」

おまけ

みなさんのまわりに、なんでも暗記《あんき》できてしまう人《ひと》はいませんか？　野球選手《やきゅうせんしゅ》の成績《せいせき》、州都《しゅうと》、歴代《れきだい》の大統領《だいとうりょう》、それから副大統領《ふくだいとうりょう》も。これらを暗記《あんき》するのは、たいてい自分自身《じぶんじしん》の満足《まんぞく》のため、または友達《ともだち》に自慢《じまん》するためでしょう。でも、その才能《さいのう》がいつどこで日《ひ》の目《め》を見《み》るかわかりません。実際《じっさい》、記憶術《きおくじゅつ》というのは、あるドラマチックな物語《ものがたり》から始《はじ》まっているのです。

古代《こだい》ギリシアで、ある裕福《ゆうふく》な貴族《きぞく》が有名《ゆうめい》な詩人《しじん》のシモニデスを雇《やと》い、晩餐会《ばんさんかい》で自分《じぶん》を褒《ほ》め称《たた》える詩《し》を作《つく》らせました。シモニデスが朗唱《ろうしょう》した詩《し》の大部分《だいぶぶん》は依頼主《いらいぬし》についてでしたが、彼《かれ》はその中盤《ちゅうばん》でほんの少《すこ》しだけ、ふたりのギリシアの神《かみ》、カストールとポリュデウケースを賛美《さんび》してしまったのです。依頼主《いらいぬし》は、これに激怒《げきど》しました。報酬《ほうしゅう》は半分《はんぶん》しか払《はら》わない、残《のこ》りはカストールとポリュデウケースに請求《せいきゅう》しろ、とシモニデスに言《い》い渡《わた》しました。するとしばらくして、使《つか》いの者《もの》が晩餐会《ばんさんかい》の会場《かいじょう》に現《あらわ》れ、シモニデスに会《あ》いに来《き》たふたりの若《わか》い男性《だんせい》が外《そと》にいると伝《つた》えました。カストールとポリュデウケースによく似《に》ているとささやく人《ひと》もいました。そこでシモニデスが外《そと》に出《で》たとたん、会場《かいじょう》の屋根《やね》が崩《くず》れ落《お》ち、中《なか》にいた人《ひと》はみんな死《し》んでしまったのです。遺体《いたい》はすっかりつぶれていて、誰《だれ》が誰《だれ》なのかわかりませんでした。幸《さいわ》い、シモニデスは誰《だれ》がどこに座《すわ》っていたか正確《せいかく》に覚《おぼ》えており、おかげでそれぞれ身元《みもと》がわかりました。こうしてシモニデスは、記憶術《きおくじゅつ》を発明《はつめい》した人物《じんぶつ》として歴史《れきし》に名《な》を残《のこ》すことになったのです。

この章《しょう》では、どんな長《なが》い詩《し》でも大歓迎《だいかんげい》、という読者《どくしゃ》のために、物語《ものがたり》や押韻《おういん》、リズム、イメージをたっぷりと味《あじ》わいつくせる長篇《ちょうへん》を集《あつ》めました。よく知《し》られた古《ふる》い作品《さくひん》が多《おお》いですが、これらを最初《さいしょ》から最後《さいご》まで暗記《あんき》すれば、どんな人《ひと》でも感服《かんぷく》することまちがいなし。ぜひ挑戦《ちょうせん》してみてください。おまけなので採点《さいてん》したりしませんから。

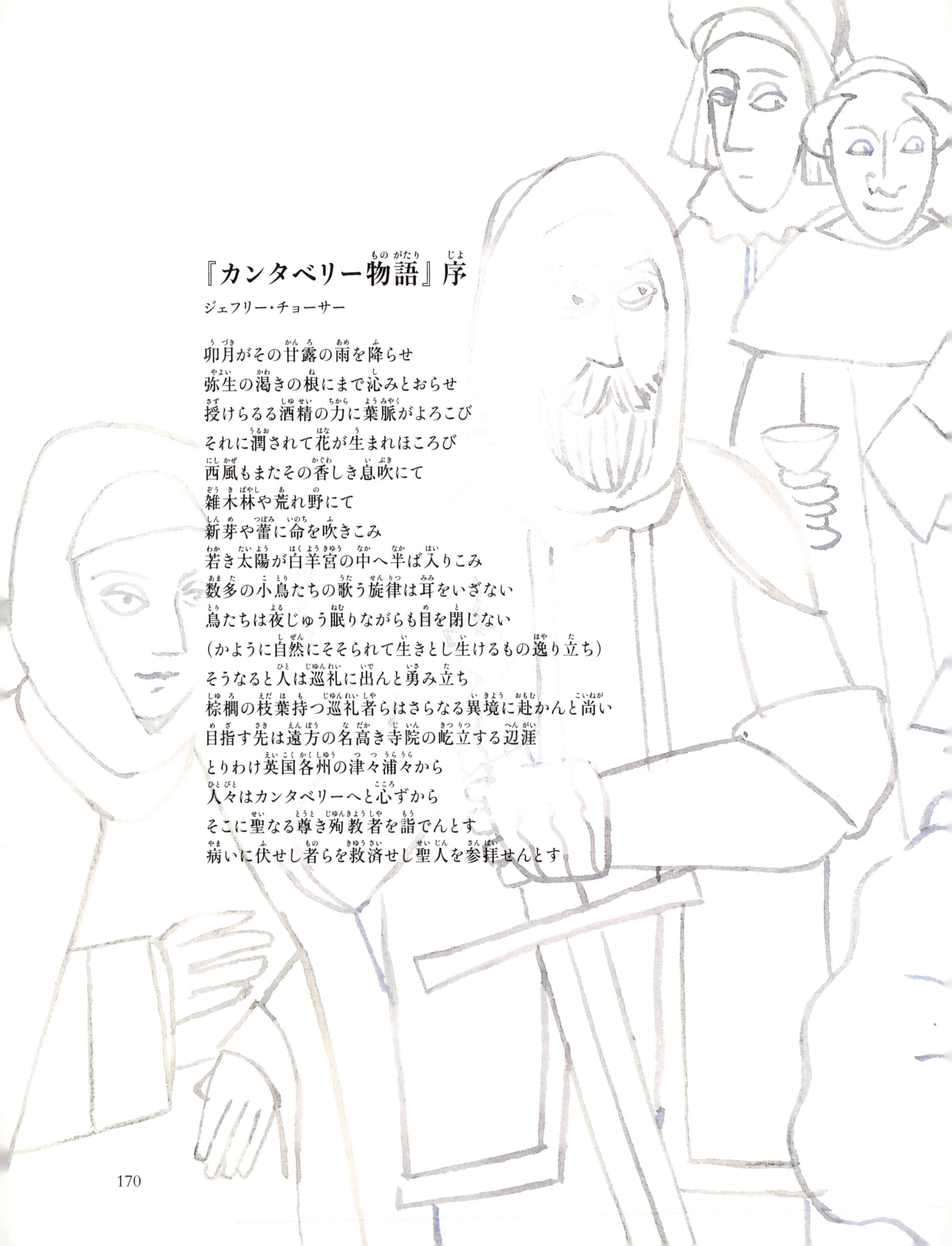

『カンタベリー物語《ものがたり》』序《じよ》

ジェフリー・チョーサー

卯月《うづき》がその甘露《かんろ》の雨《あめ》を降《ふ》らせ
弥生《やよい》の渇《かわ》きの根《ね》にまで沁《し》みとおらせ
授《さず》けらるる酒精《しゆせい》の力《ちから》に葉脈《ようみやく》がよろこび
それに潤《うるお》されて花《はな》が生《う》まれほころび
西風《にしかぜ》もまたその香《かぐわ》しき息吹《いぶき》にて
雑木林《ぞうきばやし》や荒《あ》れ野《の》にて
新芽《しんめ》や蕾《つぼみ》に命《いのち》を吹《ふ》きこみ
若《わか》き太陽《たいよう》が白羊宮《はくようきゆう》の中《なか》へ半《なか》ば入《はい》りこみ
数多《あまた》の小鳥《ことり》たちの歌《うた》う旋律《せんりつ》は耳《みみ》をいざない
鳥《とり》たちは夜《よる》じゅう眠《ねむ》りながらも目《め》を閉《と》じない
(かように自然《しぜん》にそそられて生《い》きとし生《い》けるもの逸《はや》り立《た》ち)
そうなると人《ひと》は巡礼《じゆんれい》に出《いで》んと勇《いさ》み立《た》ち
棕櫚《しゆろ》の枝葉《えだは》持《も》つ巡礼者《じゆんれいしや》らはさらなる異境《いきよう》に赴《おもむ》かんと尚《こいねが》い
目指《めざ》す先《さき》は遠方《えんぼう》の名高《なだか》き寺院《じいん》の屹立《きつりつ》する辺涯《へんがい》
とりわけ英国《えいこく》各州《かくしゆう》の津々《つつ》浦々《うらうら》から
人々《ひとびと》はカンタベリーへと心《こころ》ずから
そこに聖《せい》なる尊《とうと》き殉教者《じゆんきようしや》を詣《もう》でんとす
病《やま》いに伏《ふ》せし者《もの》らを救済《きゆうさい》せし聖人《せいじん》を参拝《さんぱい》せんとす

ロッヒンバー

サー・ウォルター・スコット

騎士《きし》ロッヒンバーは西方《にしかた》の生《う》まれ
またがる駿馬《しゆんめ》は国境《こつきよう》の誉《ほま》れ
武器《ぶき》は名剣《めいけん》一振《ひとふ》りしか無《な》し
街道《かいどう》ひとり愛馬《あいば》を見事《みごと》に乗《の》りこなし
戦《いくさ》に不屈《ふくつ》、愛《あい》に誠実《せいじつ》
青年騎士《せいねんきし》は心身充実《しんしんじゆうじつ》

藪《やぶ》も岩《いわ》もものともせずに先《さき》を急《いそ》いだ
浅瀬《あさせ》がなくてもエスク川《がわ》を泳《およ》いだ
やがてネザビーの城門《じようもん》で馬《うま》を降《お》りていた
だが勇者《ゆうしや》の到着前《とうちやくまえ》に花嫁《はなよめ》はもう承諾《しようだく》していた
戦《いくさ》に卑屈《ひくつ》、愛《あい》に不実《ふじつ》な男《おとこ》に嫁《とつ》ぐ悲恋《ひれん》
勇士《ゆうし》ロッヒンバーの恋《こい》するエレン

勇士《ゆうし》は堂々《どうどう》とネザビー城《じよう》の大広間《おおひろま》へ入《はい》る
花嫁方《はなよめがた》の男《おとこ》たち、親戚兄弟《しんせききようだい》ずらりと並《な》み居《い》る
すると花嫁《はなよめ》の父《ちち》が剣《つるぎ》に手《て》を掛《か》けて質《ただ》した
(臆病者《おくびようもの》の婿《むこ》はただただ黙《もく》した)
「婚礼《こんれい》の場《ば》で一戦交《いつせんまじ》える気《き》ならそいつは酔狂《すいきよう》
それとも穏《おだ》やかに踊《おど》る気《き》か、ロッヒンバー卿《きよう》?」

「私《わたし》はずっとご令嬢《れいじよう》に求愛《きゆうあい》したが、その申《もう》し出《で》を貴殿《きでん》に退《しりぞ》けられた
愛《あい》はソルウェイ湾《わん》のごとく満潮《まんちよう》になり、その潮《しお》のごとく押《お》し返《かえ》された
失恋《しつれん》の痛手《いたで》とともに駆《か》けつけたるはわが生《い》き甲斐《がい》
一曲《いつきよく》だけ踊《おど》りの先導役《せんどうやく》を務《つと》めてワインを一杯《いつぱい》いただくのがわが願《ねが》い
スコットランドが誇《ほこ》るはまことに見事《みごと》な美女《びじよ》の数《かず》
喜《よろこ》んでロッヒンバーに嫁《とつ》ぐ乙女《おとめ》には事欠《ことか》かず」

花嫁《はなよめ》は酒杯《しゆはい》に口《くち》づけし、騎士《きし》はそれを持《も》ち上《あ》げる
そしてワインを飲《の》み干《ほ》して、酒杯《しゆはい》を床《ゆか》に放《ほう》り投《な》げる
花嫁《はなよめ》はうつむいて顔《かお》を赤《あか》らめ、目《め》を上《あ》げて吐息《といき》をもらす
唇《くちびる》に笑《え》みが浮《う》かび、目《め》にひとつぶの涙《なみだ》を光《ひか》らす
母親《ははおや》がとめるより先《さき》に騎士《きし》は花嫁《はなよめ》の柔《やわ》らかな手《て》を取《と》った
「さあ一曲踊《いつきよくおど》ろうではないか!」と青年騎士《せいねんきし》は言《い》った

騎士《きし》の姿《すがた》は風格《ふうかく》に満《み》ち、花嫁《はなよめ》の顔《かお》は愛《あい》くるしい
これほど優雅《ゆうが》なガリアド舞踏《ぶとう》も珍《めずら》しい
母親《ははおや》は苛立《いらだ》ち、父親《ちちおや》は気色《けしき》ばむ
婿《むこ》は羽根《はね》付《つ》き帽子《ぼうし》をぶらぶら持《も》ってただ汗《あせ》ばむ
花嫁《はなよめ》に付《つ》き添《そ》う乙女《おとめ》ら小声《こごえ》でささやく
「あたしたちの従姉《いとこ》の花婿《はなむこ》さんはロッヒンバーがはまり役《やく》」

花嫁《はなよめ》の手《て》に手《て》をふれて、騎士《きし》は一言《ひとこと》ささやいた
大広間《おおひろま》の扉《とびら》の外《そと》に俊足《しゆんそく》の愛馬《あいば》が待《ま》っていた
いともかるがる馬《うま》の尻《しり》に美女《びじよ》を放《ほう》り上《あ》げ
いともかるがる前《まえ》の鞍《くら》へ己《おのれ》の身《み》をも放《ほう》り上《あ》げ
「われらの行《ゆ》く手《て》を阻《はば》むもの無《な》し、土手《どて》も藪《やぶ》も絶壁《ぜつぺき》も
大事《だいじ》な人《ひと》を手放《てばな》すものか一時《いつとき》も」

馬《うま》に飛《と》び乗《の》りあとを追《お》うネザビー一族《いちぞく》グレイム家《け》の面々《めんめん》
フォースター家《け》、フェンウィック家《け》、マスグレイヴ家《け》の面々《めんめん》
馬《うま》を駆《か》ってキャノビー・リーの追跡劇《ついせきげき》
だが花嫁《はなよめ》を奪《うば》われネザビーの嘆《なげ》き
戦《いくさ》に不屈《ふくつ》、愛《あい》に誠実《せいじつ》
たぐいまれなるロッヒンバーの壮挙《そうきよ》の史実《しじつ》

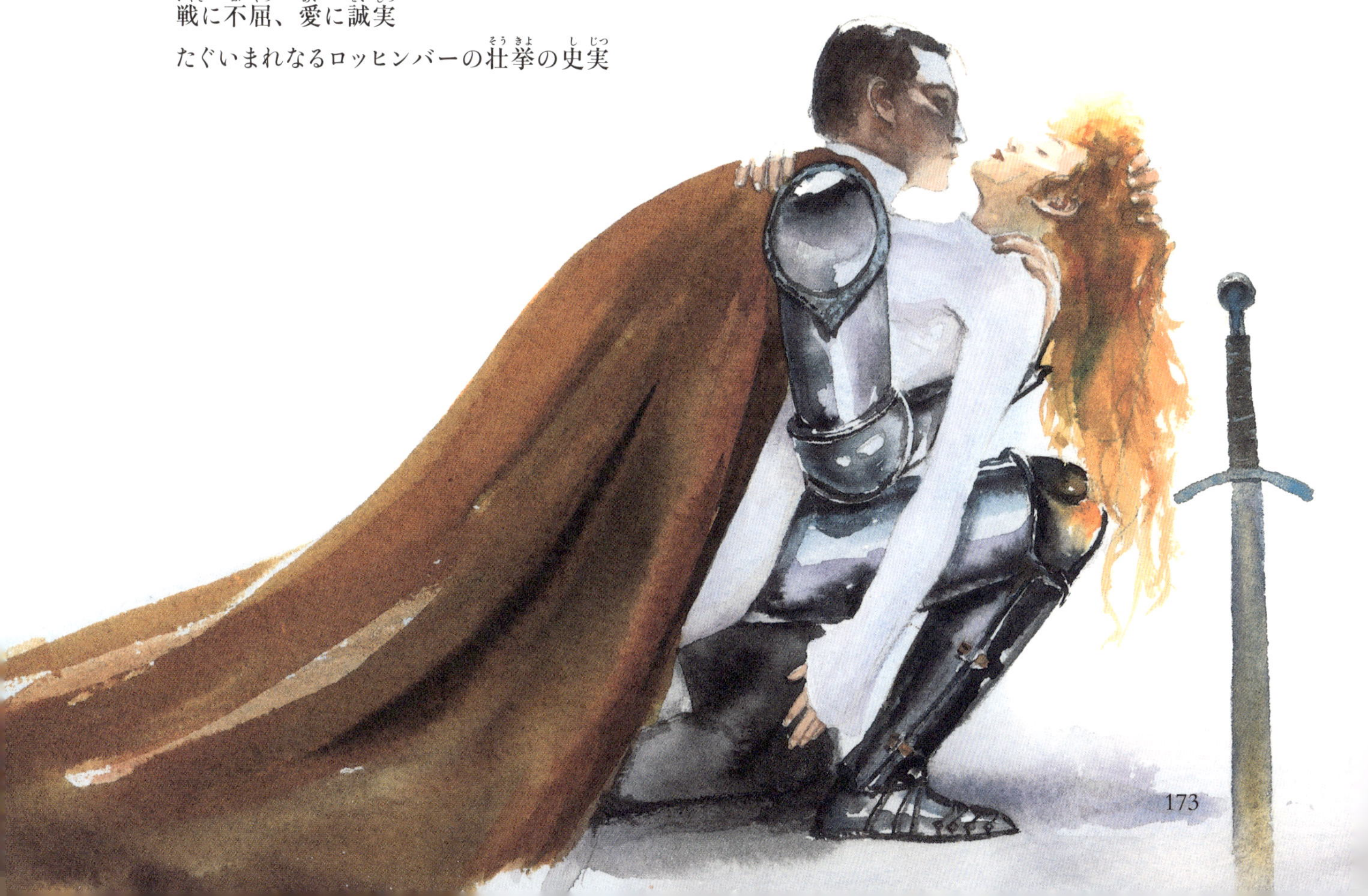

サム・マッギーの火葬《かそう》

ロバート・サーヴィス

真夜中《まよなか》の太陽《たいよう》のもとでは奇事《きじ》が起《お》こる
　　せっせと金脈《きんみやく》を追《お》う男《おとこ》たちがその主謀《しゆぼう》
北極《ほつきよく》の地《ち》には秘話《ひわ》が残《のこ》る
　　聞《き》けば血《ち》も凍《こお》る物語《ものがたり》の全貌《ぜんぼう》
オーロラは奇怪《きかい》な光景《こうけい》を幾度《いくど》も目《め》にした
　　だがあの晩《ばん》は群《ぐん》を抜《ぬ》いていた
ラバージュ湖《こ》のこのほとりで
　　おれはサム・マッギーの骸《むくろ》を焼《や》いた

サム・マッギーの生《う》まれたテネシー寒気稀《かんきまれ》、綿花《めんか》が咲《さ》いて舞《ま》うところ
なぜに一念発起《いちねんほっき》で北極圏《ほっきょくけん》へやって来《き》たのか、だれもあずかり知《し》らぬところ
不得手《ふえて》な寒《さむ》さにこごえていたが、金鉱《きんこう》の地《ち》に魅《み》せられたらしい
もっとも不満《ふまん》はもっさりぶちまけ、「地獄《じごく》のほうがまだ楽《たの》しい」

犬橇《いぬぞり》列《つら》ねて氷柱《つらら》だらけのドーソン街道《かいどう》を突《つ》っ走《ぱし》ってたクリスマスの週《しゅう》
寒《さむ》いのなんの難儀《なんぎ》も難儀《なんぎ》、厚《あつ》ぼったいパーカを突《つ》き刺《さ》す寒気《かんき》の猛襲《もうしゅう》
目《め》をつむろうもんなら問答無用《もんどうむよう》、まつげが凍《こお》って見《み》えなくなるだけ
愉快《ゆかい》じゃないが啀《いが》み合《あ》いなく、泣《な》き言《ごと》いうのはサム・マッギーだけ

その日《ひ》のその夜《よる》、雪《ゆき》の下《した》でしっかと重《かさ》ねた毛布《もうふ》にくるまって
皆《みな》を休《やす》ませ犬《いぬ》も休《やす》ませ、頭上《ずじょう》で星《ほし》がチカチカ舞《ま》って
するとサムの寒々《さむざむ》した声《こえ》、「おい、大将《たいしょう》、おれはこの旅《たび》でくたばるだろな
くたびれきってもしくたばったら、おれの頼《たの》みを断《ことわ》らないだろな」

衰弱《すいじゃく》弥増《いやま》す様子《ようす》なのでいやとは言《い》えず、するとうめき声《ごえ》で言《い》い切《き》った
「べらぼう寒《さむ》い、もうとことん骨《ほね》の髄《ずい》まで冷《ひ》え切《き》った
でも死《し》ぬのが怖《こわ》いんじゃない――恐《おそ》ろしいのは氷《こおり》の墓《はか》の苦《くる》しみだ
おれの遺骸《いがい》は万難排《ばんなんはい》して火葬《かそう》にしてくれ、たっての頼《たの》みだ」

友《とも》の願《ねが》いとあれば聞《き》き入《い》れるべき、だからよしきたと頼《たの》みを請《う》け負《お》い
夜《よ》がしらじらと明《あ》けるころに出立《しゅったつ》したが、サムの顔《かお》は青《あお》いも青《あお》い
橇《そり》にうずくまったまま、一日中《いちにちじゅう》テネシー州《しゅう》のふるさとのことをうわごとに言《い》っていた
そして夜《よ》ふけ、サム・マッギーは冷《つめ》たい骸《むくろ》と化《か》していた

息吹《いぶき》ひとつなき命《いのち》なき地《ち》を急《いそ》いだ、おぞましい恐怖《きょうふ》に駆《か》られて
隠《かく》しおおせぬ骸《むくろ》ともども、誓《ちか》った約束《やくそく》に縛《しば》られて
橇《そり》にゆわえた骸《むくろ》が無口《むくち》で迫《せま》る、「身《み》も心《こころ》もくたくたになろうとも
約束《やくそく》違《たが》えずこの遺骸《いがい》を火葬《かそう》にしてくれるのがおれのまことの友《とも》」

まだ約束《やくそく》は未払《みばら》いの借《か》り、果《は》たすべき街道《かいどう》の掟《おきて》
それから数日《すうじつ》、唇《くちびる》かじかみ物《もの》言《い》えぬまま、心中《しんちゅう》で荷《に》を呪《のろ》う言葉《ことば》も尽《つ》きて
長《なが》い長《なが》い夜《よる》、火《ひ》明《あ》かりひとつ、ハスキー犬《けん》が輪《わ》を作《つく》り
宿《やど》無《な》しの降雪《こうせつ》にむかって憂《うれ》いを吠《ほ》え——ああ、わが悪態《あくたい》がむなしくのたくり

そして連日《れんじつ》ひたひた堅実《けんじつ》に亡骸《なきがら》は重《おも》くなり
残《のこ》る犬《いぬ》は少《すく》なくなり、食《く》うものは少《すく》なくなり
ひどい悪路《あくろ》で半狂乱《はんきょうらん》の黒《くろ》い恐怖《きょうふ》、しかしそれを打《う》ち払《はら》い
元気《げんき》づけに歌《うた》を歌《うた》うと氷漬《こおりづ》けの友《とも》がうっすら笑《わら》い

ラバージュ湖《こ》のこのほとりへ来《く》ると、廃屋《はいおく》が一軒《いっけん》現《あらわ》れた
氷《こおり》の中《なか》に埋《う》もれているが、「アリス・メイ」なる看板《かんばん》が見《み》て取《と》れた
看板《かんばん》を見《み》て、事態《じたい》に鑑《かんが》みて、凍《こお》った友《とも》をもいちど見《み》つめた
それから叫《さけ》ぶ、踏《ふ》み哮《たけ》ぶ、「ここが火葬場《かそうば》、よし決《き》めた」

愉快《ゆかい》ならずも床板《ゆかいた》バリバリひっぱがし、そして竈《かま》に火《ひ》をつけた
石炭《せきたん》見《み》つけて急《せ》き立《た》てられて、床板《ゆかいた》積《つ》み上《あ》げもたせ掛《か》けた
炎《ほのお》がめらめら勃興《ぼっこう》し、炉《ろ》がごうごう咆哮《ほうこう》し——そして一気《いっき》に火勢《かせい》を強《つよ》めた
赤熱《せきねつ》の石炭《せきたん》に穴《あな》を掘《ほ》り、サム・マッギーを押《お》し込《こ》めた

それから無我夢中《むがむちゅう》ですたこら退散《たいさん》、ちりちり焼《や》ける音《おと》なぞ聞《き》きたくない
天《てん》はにらみをきかせ、犬《いぬ》は遠吠《とおぼ》えを響《ひび》かせ、風《かぜ》は止《や》もうとしない
頰《ほお》に熱《あつ》く脂汗《あぶらあせ》、凍《い》てつく寒《さむ》さなぜか消《き》えていった
ぎとぎとした煙《けむり》が黒々《くろぐろ》としたマントをまとい、空《そら》を横切《よこぎ》っていった

身《み》の毛《け》がよだつ思《おも》いをどうにかねじ伏《ふ》せ、いつの間《ま》にか更《ふ》けた夜《よる》
輝《かがや》く星《ほし》の舞《ま》いが始《はじ》まると、ようやくそっとにじりよる
心臓《しんぞう》飛《と》び出《だ》しながら勇気《ゆうき》を出《だ》し、「ようしそろそろ中《なか》を覗《のぞ》ける
もう焼《や》き上《あ》がったろう、見《み》てみよう」…それから扉《とびら》を大《おお》きく開《あ》ける

なんとそこにサムが無我無心《むがむしん》の泰然自若《たいぜんじじゃく》、その炉《ろ》の中《なか》はすさまじい炎火《えんか》
満面《まんめん》に笑《え》みをたたえてサムは言《い》った、「その扉《とびら》を閉《し》めてくれんか
ここは快適《かいてき》、寒気《かんき》の嵐《あらし》を入《い》れてもらっちゃ困《こま》るのだ——
テネシー州《しゅう》のプラムツリーを出《で》て以来《いらい》、初《はじ》めて体《からだ》がぬくまっとるのだ」

真夜中《まよなか》の太陽《たいよう》のもとでは奇事《きじ》が起《お》こる
　　せっせと金脈《きんみゃく》を追《お》う男《おとこ》たちがその主謀《しゅぼう》
北極《ほっきょく》の地《ち》には秘話《ひわ》が残《のこ》る
　　聞《き》けば血《ち》も凍《こお》る物語《ものがたり》の全貌《ぜんぼう》
オーロラは奇怪《きかい》な光景《こうけい》を幾度《いくど》も目《め》にした
　　だがあの晩《ばん》は群《ぐん》を抜《ぬ》いていた
ラバージュ湖《こ》のこのほとりで
　　おれはサム・マッギーの骸《むくろ》を焼《や》いた

ポール・リヴィアの深夜《しんや》の騎行《きこう》

ヘンリー・ワズワース・ロングフェロー

子供《こども》たち、さあ聞《き》こう
ポール・リヴィアの深夜《しんや》の騎行《きこう》
一七七五年《ねん》四月《がつ》十八日《にち》に馳《は》せた勇名《ゆうめい》
年号《ねんごう》日付《ひづけ》、巷《ちまた》に有名《ゆうめい》
語《かた》り継《つ》がれるその奇功《きこう》

ポールは友《とも》にこう言《い》った、「イギリス軍《ぐん》が今夜《こんや》のうちに町《まち》を発《た》つなら
海《うみ》か陸《りく》か、そのどちらかに決《き》めたはずだ
それをおれに知《し》らせられるな、ノース教会《きょうかい》の鐘楼《しょうろう》からなら
ランタンを掲《かか》げてゆらすのが合図《あいず》だ
陸《りく》なら一回《いっかい》、海《うみ》なら二回《にかい》
向《む》こうの岸《きし》でおれは了解《りょうかい》
すぐさま馬《うま》を走《はし》らせて急《きゅう》を告《つ》げよう
ミドルセックスじゅうにふれまわるのが何《なに》より肝要《かんよう》
そして促《うなが》す、武器《ぶき》を取《と》るよう」

そして「おやすみ」と言《い》ってから、しずしず小舟《こぶね》を漕《こ》いで
音《おと》を立《た》てずにチャールズタウンの岸《きし》へ急《いそ》いで
ちょうどそのとき月《つき》が空《そら》から入江《いりえ》を見《み》下《お》ろし
ゆれる巨艦《きょかん》が錨《いかり》を下《お》ろし
サマセット号《ごう》なるイギリス軍艦《ぐんかん》のその面貌《めんぼう》
幽霊船《ゆうれいせん》の帆柱《ほばしら》帆桁《ほげた》は月《つき》を逃《に》がさぬ牢《ろう》の鉄棒《てつぼう》
黒《くろ》い巨軀《きょく》がいかにも強暴《きょうぼう》
潮《しお》に映《えい》ずる己《おのれ》の影《かげ》を従《したが》える
巨体《きょたい》がさらに大《おお》きく見《み》える

一方《いっぽう》、友《とも》は路地《ろじ》や街《まち》を通《とお》り抜《ぬ》け
あちこち動《うご》いて目《め》をこらしては耳《みみ》をそばだて
静寂《せいじゃく》の中《なか》に聞《き》き取《と》れる敵《てき》の手立《てだ》て
兵舎《へいしゃ》の前《まえ》に兵士《へいし》が整列《せいれつ》
武器《ぶき》がふれあい行進《こうしん》の足踏《あしぶ》みがはっきり筒抜《つつぬ》け
準備《じゅんび》に掛《か》かる敵《てき》の意図《いと》する戦《いくさ》の筋立《すじだ》て
向《む》かう先《さき》は岸《きし》に並《なら》ぶ小舟《こぶね》の列《れつ》

そこで友《とも》はオールドノース教会《きようかい》の塔《とう》へと勇《いさ》み立《た》つ
足音《あしおと》忍《しの》ばせ板階段《いたかいだん》を上《あ》がり
向《む》かうは釣《つ》り鐘《がね》のある上《うえ》の暗《くら》がり
鳩《はと》が驚《おどろ》きバタバタ飛《と》び立《た》つ
黒《くろ》ずんだ梁《はり》からまわりをぐるぐる旋回《せんかい》
ぐるぐる回《まわ》る影《かげ》の団塊《だんかい》
急《きゆう》な高《たか》い梯子《はしご》がぐらつき
壁《かべ》の高《たか》い窓《まど》へたどり着《つ》き
耳《みみ》をすまして下《した》を眺《なが》める
町中《まちじゆう》の屋根《やね》に目《め》を眇《すが》める
すっぽり照《て》らす夜空《よぞら》の月《つき》

眼下《がんか》の教会墓地《きようかいぼち》には死者《ししや》たちが眠《ねむ》りつづける
丘《おか》の上《うえ》の夜《よる》の野営《やえい》
静寂《せいじやく》にくるまれている陰影《いんえい》
歩哨《ほしよう》の足音《あしおと》みたいに吹《ふ》きつける
用心深《ようじんぶか》い夜風《よかぜ》がすうっと
テントからテントへそうっと
「異常《いじよう》なし」とささやいているよう
一瞬《いつしゆん》しか感《かん》じないこの地《ち》の面妖《めんよう》
この地《ち》とこの刻《こく》、内心《ないしん》の怯《おび》え
孤独《こどく》の鐘楼《しようろう》と死者《ししや》たちの底冷《そこび》え
突然《とつぜん》に思《おも》いはすべてふうっと
彼方《かなた》の幻《まぼろし》のごときものに浸《ひた》り
川《かわ》がひろがり入江《いりえ》に注《そそ》ぐあたり
黒《くろ》の線《せん》がうねりつつ浮《う》く
上《あ》げ潮《しお》に乗《の》った小舟《こぶね》の橋《はし》のように危《あや》うく

一方《いつぽう》、待《ま》つ身《み》のポールはじりじり
つり上《あ》がったその眦《まなじり》
馬《うま》にまたがろうと気《き》がはやる
馬《うま》の横腹《よこばら》をぽんぽん叩《たた》いて腹帯《はらおび》をねじり
遠《とお》くを近《ちか》くを見《み》やる
やみくもに大地《だいち》を踏《ふ》みつけ
鞍帯《くらおび》を締《し》め直《なお》し締《し》めつけ
今《いま》か今《いま》かと期待《きたい》をめぐらす
オールドノース教会《きようかい》の鐘楼《しようろう》に目《め》をこらす
鐘楼《しようろう》は丘《おか》の墓所《はかしよ》にそびえ立《た》つ
ぽつんと朧《おぼろ》に陰鬱《いんうつ》に無言《むごん》でそそり立《た》つ
すると見《み》よ！　鐘楼《しようろう》の高《たか》みにぴかり
きらりきらめく一筋《ひとすじ》の明《あ》かり！
鞍《くら》に飛《と》び乗《の》り手綱《たづな》をにぎる
そのまま凝視《ぎようし》し待《ま》つ光《ひかり》
二度目《にどめ》の灯火《ともしび》が鐘楼《しようろう》で闇《やみ》をよぎる

蹄《ひづめ》の音《おと》も高《たか》らかに村道《そんどう》を馬《うま》が飛《と》ばす
月明《つきあ》かりの中《なか》の姿《すがた》、闇《やみ》の中《なか》の巨体《きよたい》
石《いし》ころの火花《ひばな》を蹴散《けち》らし行《ゆ》く馬体《ばたい》
村道《そんどう》の石《いし》ころを剛毅《ごうき》な駿足《しゆんそく》が撥《は》ね飛《と》ばす
のみならず暗《くら》がりと月明《つきあ》かりを抜《ぬ》けて
一国《いつこく》の運命《うんめい》が夜《よ》を駆《か》けて
突《つ》っ走《ばし》る蹄《ひづめ》に火花《ひばな》が砕《くだ》けて
めらめら燃《も》え上《あ》がる国土《こくど》に熱《ねつ》が伝《つた》い

ポールは村《むら》をあとにして急勾配《きゆうこうばい》を駆《か》け上《あ》がり
眼下《がんか》には静寂《せいじやく》が深《ふか》くひろがり
ミスティック川《がわ》が潮流《ちようりゆう》に流《なが》れ行《ゆ》く
榛《はん》の木《き》の生《お》い茂《しげ》る崎嶇《きく》
砂地《すなち》を柔《やわ》らかく、岩棚《いわだな》を大《おお》きく
駿馬《しゆんめ》の蹄《ひづめ》の音《おと》ひびかせて駿馬《しゆんめ》が駆《か》け行《ゆ》く

村《むら》の大時計《おおどけい》が十二時《じゆうにじ》を告《つ》げる
メドフォードの町《まち》へ橋《はし》を渡《わた》る
雄鶏《おんどり》が時《とき》を告《つ》げる
農家《のうか》の犬《いぬ》が吠《ほ》える
川霧《かわぎり》のじめつきが出迎《でむか》える
夕日《ゆうひ》が落《お》ちると川霧《かわぎり》来《きた》る

一時《いちじ》を告《つ》げる村《むら》の大時計《おおどけい》
駿馬《しゅんめ》を駆《か》ってレキシントンへ入《はい》る
金《きん》ぴかの風見鶏《かざみどり》のきらめく夜景《やけい》
月明《つきあ》かりの中《なか》くるくる回転《かいてん》
礼拝所《れいはいじょ》の窓《まど》という窓《まど》おぼろに暗《くら》む
不気味《ぶきみ》な目《め》つきでポールをにらむ
あたかももはや驚《おどろ》き仰天《ぎょうてん》
これから起《お》こる血《ち》みどろに見入《みい》る

村《むら》の大時計《おおどけい》が二時《にじ》を告《つ》げて
コンコードの町《まち》の橋《はし》に着《つ》く
羊《ひつじ》の群《む》れが声《こえ》あげて
木立《こだち》の中《なか》でさえずる野鳥《やちょう》
もうじき朝《あさ》の息吹《いぶき》の予兆《よちょう》
暗褐色《あんかつしょく》の草地《くさち》に朝風《あさかぜ》さわさわざわつく
無事《ぶじ》にベッドでぐっすり休《やす》んだ
その人物《じんぶつ》が最初《さいしょ》に仆《たお》れた
その日《ひ》あえなく倒《たお》れて死《し》んだ
イギリス軍《ぐん》の銃弾《じゅうだん》浴《あ》びて射貫《いぬ》かれた

あとの話《はなし》は本《ほん》で読《よ》んでみんな知《し》ってる
イギリスの正規軍《せいきぐん》は戦《いくさ》を捨《す》てる
農夫《のうふ》たちが農家《のうか》の塀《へい》や壁《かべ》の陰《かげ》から
弾《たま》には弾《たま》をと撃《う》ち返《かえ》したから
赤軍服《あかぐんぷく》らを路地《ろじ》へ追《お》い込《こ》み
畑《はたけ》を抜《ぬ》けて回《まわ》り込《こ》み
道《みち》の角《かど》の木立《こだち》の下《した》で
弾《たま》を込《こ》めては与《あた》える痛手《いたで》

ポール・リヴィアは夜通《よどお》し駆《か》けた
夜《よ》を徹《てつ》して急《きゅう》を告《つ》げた
ミドルセックスの村《むら》と農家《のうか》にすべてくまなく声張《こえは》り上《あ》げた
迎《むか》え撃《う》ちの雄々《おお》しい叫《さけ》びが闇《やみ》突《つ》き抜《ぬ》けた
闇《やみ》の声《こえ》と戸《と》を叩《たた》く音《おと》が反響《はんきょう》する
それが永久《とわ》に谺《こだま》する
夜風《よかぜ》に乗《の》った過去《かこ》の叫《さけ》びがいついつまでも
国史《こくし》を通《つう》じてなにがなんでも
闇《やみ》と危険《きけん》と困窮《こんきゅう》のときに人《ひと》は聞《き》く
人《ひと》は目《め》ざめて胸《むね》を躍《おど》らせ
あの駿馬《しゅんめ》の蹄《ひづめ》の音《おと》を聞《き》く
ポール・リヴィアの深夜《しんや》の報《しら》せ

クーブラ・カーン

あるいは夢《ゆめ》の幻影《げんえい》

断章《だんしよう》

サミュエル・テイラー・コウルリッジ

ザナドゥーにクーブラ・カーンは
豪壮《ごうそう》なる快楽宮《かいらくきゆう》の建立《こんりゆう》を命《めい》じた
そこから聖《せい》なる河《かわ》アルフが
人間《にんげん》には無窮《むきゆう》の洞窟《どうくつ》を抜《ぬ》けて
　　陽光《ようこう》無《な》き海《うみ》へと流《なが》れる
かくて五《ご》マイルの倍《ばい》の肥沃《ひよく》の地《ち》に
壁《かべ》と塔《とう》が廻《めぐ》らされ
あちらにはいくつもの庭園《ていえん》にうねる小川《おがわ》がきらめき
数多《あまた》の芳《かんば》しい実《み》のなる木々《きぎ》が花《はな》を咲《さ》かせ
こちらには丘陵《きゆうりよう》に劣《おと》らず古色蒼然《こしよくそうぜん》たるいくつもの森《もり》が
陽光《ようこう》満《み》ちあふれる緑地《りよくち》を包《くる》む

だが、ああ、あの深《ふか》い幻想的《げんそうてき》な亀裂《きれつ》が
杉《すぎ》の覆《おお》いを横切《よこぎ》って緑《みどり》の丘《おか》を斜《なな》めに走《はし》る！
野蛮《やばん》の地《ち》！　この魅惑《みわく》の聖土《せいど》に
欠《か》けゆく月《つき》の下《した》で繁《しげ》く通《かよ》うは
魔性《ましよう》の恋人《こいびと》を求《もと》めて泣《な》き叫《さけ》ぶ女《おんな》！
そしてこの亀裂《きれつ》は途切《とぎ》れることなく騒然《そうぜん》と泡立《あわだ》ち
あたかもこの大地《だいち》がせわしなく苦《くる》しげに喘《あえ》ぐかのように
強大《きようだい》な泉《いずみ》が瞬時《しゆんじ》に押《お》し出《だ》された
その疾《はや》い半《なか》ば断続的《だんぞくてき》な噴出《ふんしゆつ》の中《なか》に
巨大《きよだい》な破片《はへん》が跳《は》ね返《かえ》る雹《ひよう》のごとくに跳躍《ちようやく》する
あるいは殻竿《からざお》に打《う》たれる籾殻《もみがら》のごとくに
そしてこの踊《おど》る細石《さざれいし》と同時《どうじ》に
亀裂《きれつ》は聖《せい》なる河《かわ》を放《ほう》り上《あ》げる
五《ご》マイルにわたってくねくねと迷路《めいろ》のごとき動《うご》きで
森《もり》と谷《たに》を抜《ぬ》けて聖《せい》なる河《かわ》は流《なが》れる

それから人間《にんげん》には無窮《むきゆう》の洞窟《どうくつ》に行《い》き着《つ》き
命《いのち》 無《な》き大海《たいかい》へ騒然《そうぜん》と沈《しず》む
そしてこの轟音《ごうおん》の中《なか》にクーブラは聞《き》く
彼方《かなた》から戦《いくさ》を予言《よげん》する先祖《せんぞ》らの声《こえ》！

　　快楽《かいらく》の館《やかた》の影《かげ》が
　　波間《なみま》の中《なか》ほどに浮《う》かぶ
　　噴泉《ふんせん》と洞窟《どうくつ》から
　　混《ま》じり合《あ》う旋律《せんりつ》が聞《き》こえる
それは稀有《けう》な仕掛《しか》けの奇跡《きせき》
氷《こおり》の洞窟《どうくつ》のある陽光《ようこう》あふれる快楽《かいらく》の館《やかた》！

　　ダルシマーを弾《ひ》く乙女《おとめ》
　　幻影《げんえい》の中《なか》にかつて見《み》た
　　アビシニアの乙女《おとめ》
　　ダルシマーを奏《かな》でて
　　アボラ山《さん》の歌《うた》を歌《うた》った
その協和音《きようわおん》と歌《うた》を
己《おのれ》の内《うち》によみがえらせることができるなら
それは深《ふか》い悦《よろこ》びに私《わたし》をとらえ
高《たか》らかに続《つづ》く音楽《おんがく》をもって
その館《やかた》を宙《ちゆう》に建立《こんりゆう》するだろう
あの陽光《ようこう》あふれる館《やかた》！　あの氷《こおり》の洞窟《どうくつ》！
すると聞《き》いた者《もの》は皆《みな》それをそこに見《み》て
皆《みな》叫《さけ》ぶだろう、気《き》をつけろ！　気《き》をつけろ！
あの男《おとこ》のきらめく眼《まなこ》、あの男《おとこ》のなびく髪《かみ》！
あの男《おとこ》を円《まる》く三重《さんじゆう》に囲《かこ》め
そして聖《せい》なる畏《おそ》れを抱《いだ》いて目《め》をつむれ
なぜならあの男《おとこ》は甘露《かんろ》にて育《そだ》ち
楽園《らくえん》の乳汁《にゆうじゆう》を飲《の》んだのだから

おわりの詩

あるとき目《め》っけた小《ちい》さい詩《し》

イヴ・メリアム

あるとき目《め》っけた小《ちい》さい詩《し》
それがとっても可愛《かわい》いし

床《ゆか》へそっと置《お》いてあげた
ところが外《そと》へとことこ逃《に》げた

自転車《じてんしゃ》に乗《の》って追《お》いかけた
見《み》る見《み》る氷柱《つらら》になりかけた

落《お》ちないように帽子《ぼうし》で助《たす》けた
そしたらパッと猫《ねこ》に化《ば》けた

それで尻尾《しっぽ》をつかまえた
ところが鯨《くじら》に姿《すがた》を変《か》えた

舟《ふね》に乗《の》ってあとをつけた
そしたら山羊《やぎ》の顔《かお》向《む》けた

それで銀紙《ぎんがみ》食《た》べさせた
今度《こんど》はビルの姿《すがた》を見《み》せた

それから凧《たこ》になっちゃった
飛《と》んで見《み》えなくなっちゃった

訳者《やくしや》あとがき

リチャード・ウィルバーの詩《し》「ことばの中《なか》にことばあり」には「子供《こども》たちと大人《おとな》たちに」という添《そ》え書《が》きがあります（96ページ）。そしてまたキャロライン・ケネディさんも、「子供《こども》たちと大人《おとな》たちに」この本《ほん》を読《よ》んでもらおうと思《おも》っているのは間違《まちが》いありません。キャロラインさんは、子供《こども》のために軽《かる》い詩《し》を（軽石《かるいし》を？）拾《ひろ》い集《あつ》め、大人《おとな》のために重《おも》い詩《し》を（重石《おもし》を？）選《えら》んだのではないのです。軽《かる》い詩《し》のおもしろさがわかる子《こ》供《ども》なら、重《おも》い詩《し》にも興味《きようみ》をいだくはずだと信じているのです。子供《こども》もきっと重《おも》い詩《し》にさわってみたくなったり、たとえ持《も》ち上《あ》げられなくとも、その重《おも》さを想像《そうぞう》したりする——そういう信念《しんねん》が、解説《かいせつ》の文章《ぶんしよう》からも伝《つた》わってきます。

とはいえ、訳者《やくしや》は初《はじ》めてこの原書《げんしよ》を手《て》にしたとき、そのずっしりした重《おも》みに驚《おどろ》きました。いちばん驚《おどろ》いたのは、ジェフリー・チョーサー「『カンタベリー物語《ものがたり》』序《じよ》」（170ページ）が中世英語《ちゆうせいえいご》のままで収録《しゆうろく》されていることです。中世英語《ちゆうせいえいご》とは、アメリカ大陸《たいりく》の発見《はつけん》より200年《ねん》も前《まえ》の英語《えいご》です。今《いま》の英語《えいご》しか知《し》らなければ外国語《がいこくご》のようなものです。チョーサーの生《う》まれたイギリスでも、チョーサーを中世英語《ちゆうせいえいご》で読《よ》む人《ひと》はほとんどいないでしょう。

実《じつ》は、訳者《やくしや》としてはある意味《いみ》ほっとしました。こういう詩《し》を入《い》れているのであれば、訳語《やくご》にも古《ふる》い言葉《ことば》や難《むずか》しい言葉《ことば》を使《つか》えるからです。キャロラインさんは何度《なんど》か「韻《いん》」にふれていますが、韻《いん》を翻訳《ほんやく》するには平易《へいい》ではない言葉《ことば》に助《たす》けられることが少《すく》なくないからです。訳者《やくしや》は、1985年《ねん》に刊行《かんこう》したエドワード・リア『ナンセンスの絵本《えほん》』以来《いらい》、英語《えいご》の韻《いん》を日本語《にほんご》の2音《おん》で翻訳《ほんやく》するという方式《ほうしき》を30年間《ねんかん》ずっと実践《じつせん》してきました。この本《ほん》でも（あきらめた場合《ばあい》もいくつかありますが）、そういう韻《いん》をぜひ読《よ》み取《と》ってください。

たとえば、「ことばの中《なか》にことばあり」に「軽業師《かるわざし》たち～」の6行《ぎよう》があります。この「軽《かる》」が5行目《ぎようめ》と6行目《ぎようめ》の結《むす》びの〈かる〉と韻《いん》になっています。あるいは「サム・マッギーの火葬《かそう》」（175ページ）の「サム・マッギーの生《う》まれたテネシー寒気稀《かんきまれ》、綿花《めんか》が咲《さ》いて舞《ま》うところ／なぜに一念発起《いちねんほっき》で北極圏《ほっきょくけん》へやって来《き》たのか、だれもあずかり知《し》らぬところ」。脚韻《きゃくいん》の〈ところ〉はすぐわかるでしょうが、さらにまた、1行目《ぎょうめ》には、「生《う》まれた」と「稀《まれ》」に〈まれ〉の韻《いん》があります。2行目《ぎょうめ》には、「一念発起《いちねんほっき》」と「北極《ほっきょく》」に〈ほっき〉の韻があります。

キャロラインさんと呼《よ》んでしまいましたが、この人《ひと》はキャロライン・ケネディ駐日米国大使《ちゅうにちべいこくたいし》ですね。リチャード・ウィルバーは訳者《やくしゃ》の好《す》きな詩人《しじん》なので、もう一度登場《いちどとうじょう》してもらうと、ここには入《はい》っていない別《べつ》の詩《し》でこんな行《ぎょう》を書《か》いています。

心《こころ》の底《そこ》で大使《たいし》さんたちつねづね悲《かな》しい
世界情勢《せかいじょうせい》つねづねむなしい
だからつねづね深謀遠慮《しんぼうえんりょ》
表明《ひょうめい》するのは「遺憾《いかん》」に「危惧《きぐ》」に、はたまた「憂慮《ゆうりょ》」

大変《たいへん》な読書家《どくしょか》の駐日米国大使《ちゅうにちべいこくたいし》はこれを知《し》っているにちがいありません。だからなおさら、軽《かる》い詩《し》（軽石《かるいし》？）や重《おも》い詩《し》（重石《おもし》？）を選《えら》ぶのが楽《たの》しかったのではないでしょうか。

翻訳《ほんやく》に当《あ》たっては、編集部《へんしゅうぶ》・山田玲実《やまだれみ》さんの強力《きょうりょく》な援護《えんご》がありました。小学生《しょうがくせい》時代《じだい》をアメリカで過《す》ごした完璧《かんぺき》なバイリンガル女性《じょせい》、リンカーンの演説《えんぜつ》（142ページ）なども諳《そら》んじるおそろしく優秀《ゆうしゅう》な女性《じょせい》です。知性《ちせい》と感性《かんせい》の充実《じゅうじつ》したアメリカ女性《じょせい》と日本女性《にほんじょせい》に感心《かんしん》しながら豊《ゆた》かな詩《し》の世界《せかい》の翻訳《ほんやく》をなんとか完成《かんせい》して、とても快《こころよ》い疲労感《ひろうかん》が体《からだ》にひろがっています。同時《どうじ》にまた、115篇《へん》の詳《くわ》しい解説《かいせつ》を1冊《さつ》の本《ほん》にまとめたいという気持《きも》ちが内心《ないしん》にわいてきます。

2014年《ねん》6月《がつ》
柳瀬尚紀《やなせなおき》

作者名索引

アップダイク, ジョン　131
アメリカ民謡　88
アルキロコス　136
アンソニー, エドワード　102
イェーツ, ウィリアム・バトラー　64
ウィリアムズ, ウィリアム・カーロス　165
ウィルバー, リチャード　96
エスパイジャット, リナ・P　49
オウィディウス　166
オーデン, W・H　84
カミングズ, E・E　114, 160
カレン, カウンティ　59
キネル, ゴールウェイ　24, 118
キプリング, ラドヤード　33
キャロル, ルイス　43, 92
グライムズ, ニッキー　125
グレイヴズ, ロバート　76
クレイン, スティーヴン　30
ゲスト, エドガー・アルバート　29
コウルリッジ, サミュエル・テイラー　182
コマンヤーカ, ユーセフ　123
コリンズ, ビリー　57, 110
サーヴィス, ロバート　174
シェイクスピア, ウィリアム　31, 140, 162
シェリー, パーシー・ビッシュ　138
シュワーツ, デルモア　21
ジョヴァンニ, ニッキー　120
ジョンソン, ベン　83
シルヴァスタイン, シェル　104
スコット, サー・ウォルター　172
スタイン, ガートルード　20
スティーヴンズ, ウォーレス　163, 164
スティーヴンソン, ロバート・ルイス　22, 119, 156
セア, アーネスト・ローレンス　126
聖パウロ　69
ソトー, ゲアリー　26
ダヴ, リータ　17
ダンバー, ポール・ローレンス　68
チャーディ, ジョン　95
チョーサー, ジェフリー　170
ディキンソン, エミリ　56, 158
ティッガス, C・G　146
テニスン卿, アルフレッド　85, 145
デ・ラ・メア, ウォルター　79
ドリームヤード・プレップのスラム・チーム　60
トルジンカ, ペニー　80
ナイ, ネイオミ・シハブ　109
ナッシュ, オグデン　47, 97
ナバホ族　161
ナボコフ, ウラジーミル　147
ニーメラー, マルティン　151
パーク, リンダ・スー　124
ハイド, フローレンス・パリー　81
パイル, キャサリーン　94
バイロン卿, ジョージ・ゴードン　137
パス, オクタビオ　35
バラカ, アミリ　159
バングズ, ジョン・ケンドリック　74
ヒーニー, シェイマス　152
ビショップ, エリザベス　52
ヒューズ, ラングストン　25, 30, 57, 65, 112
ファイルマン, ローズ　75
ファン・ダイク, ヘンリー　70
ブラウニング, エリザベス・バレット　34
プリラツキー, ジャック　93
ブルックス, グウェンドリン　46, 121, 162
ブレイク, ウィリアム　58, 156
フレデリックス, マシュー・M　107
フロスト, ロバート　32, 118, 157
ベケット, サミュエル　103
ホーバーマン, メアリー・アン　42
ホプキンズ, ジェラード・マンリー　153

ミカ書　37
ミルン, A･A　40
メリアム, イヴ　185
メルヴィル, ハーマン　141
モス, ジェフ　45
ヨーレン, ジェイン　105
ライス, グラントランド　128
ライト, ジェイムズ　66
ランズ, ウィリアム・ブライティ　167
ランダル, ダドリー　50
リア, エドワード　25, 89, 90
リンカーン, エイブラハム　142
レヴィン, ニール　91
ロウズ, ビリー　148
ロセッティ, クリスティーナ　157
ロングフェロー, ヘンリー・ワズワース　178
ワン, ジャネット・S　71, 108

作者不詳　28, 89

p.17 Rita Dove, "The First Book" from ON THE BUS WITH ROSA PARKS by Rita Dove. Copyright © 1999 by Rita Dove. Used by permission of W. W. Norton & Company, Inc.

p.20 Gertrude Stein, from THE WORLD IS ROUND. Copyright © 1939 Gertrude Stein. Japanese language anthology rights arranged with Gertrude Stein c/o David Higham Associates Ltd., London through Tuttle-Mori Agency, Inc., Tokyo.

p.24 Galway Kinnell, "Crying" from "Mortal Acts, Mortal Words," originally published by Houghton Mifflin Company in 1980. Copyright © 1980 by Galway Kinnell, and renewed 2008 by Galway Kinnell. Japanese language translation license granted by Houghton Mifflin Harcourt Publishing, New York through Tuttle-Mori Agency, Inc., Tokyo.

p.26 Gary Soto, "Ode to Pablo's Tennis Shoes" from "Neighborhood Odes," originally published by Houghton Mifflin Company in 1992. Copyright © 1992 by Gary Soto. Japanese language translation license granted by Houghton Mifflin Harcourt Publishing, New York through Tuttle-Mori Agency, Inc., Tokyo.

p.35 Octavio Paz, "Between What I See and What I Say..." translated by Eliot Weinberger, from *The Collected Poems of Octavio Paz 1957-1987*. Copyright © 1987, 1991 by Eliot Weinberger.

p.45 Jeff Moss, "If Little Red Riding Hood..." from *Dad of the Dad of the Dad of Your Dad* (New York: Ballantine, 1997). Copyright © 1997 by Jeff Moss.

p.49 Rhina P. Espaillat, "Bilingual/bilingue." Originally published in *Where Horizons Go*, Truman State University Press, 1998.

p.57 Billy Collins, "Vade Mecum." Permission by Chris Calhoun Agency, © Billy Collins.

p.71 Janet S. Wong, "Liberty." COPYRIGHT © 1999 BY JANET S. WONG.

p.80 Penny Trzynka, "Under the Bed." © 2006 by Penny Trzynka. Reprinted from *Dinner With Dracula* with permission from Meadowbrook Press, www.meadowbrookpress.com

p.81 Florence Parry Heide, "What's That?" Copyright © 1990 by Florence Parry Heide.

p.84 W. H. Auden, "Song of the Ogres." Copyright © 1963 by W. H. Auden.

p.91 Neal Levin, "Baby Ate a Microchip." © 2004 by Neal Levin. Reprinted from *Rolling in the Aisles* with permission from Meadowbrook Press, www.meadowbrookpress.com

p.93 Jack Prelutsky, "Herbert Glerbett." TEXT COPYRIGHT © 1978 BY JACK PRELUTSKY. Used by permission of HarperCollins Publishers.

p.96 Richard Wilbur, "Some Words Inside of Words" from *Poetry* (2005). Copyright © 2005 by Richard Wilbur. Reprinted with the permission of the author.

p.104 Shel Silverstein, "Sick" by Shel Silverstein from WHERE THE SIDEWALK ENDS, © 1974, renewed 2002 Evil Eye, LLC. Permission from Evil Eye, LLC c/o Edite Kroll Literary Agency, Inc.

p.105 Jane Yolen, "Homework." Copyright © 1981 by Jane Yolen.

p.107 Matthew M. Fredericks, "Lucky Trade." © 2004 by Matthew M Fredericks. Reprinted from *If Kids Ruled the School* with permission from Meadowbrook Press, www.meadowbrookpress.com

p.108 Janet S. Wong, "Bubble Troubles." COPYRIGHT © 1999 BY JANET S. WONG.

p.109 Naomi Shihab Nye, "How to Paint a Donkey." Copyright © 2014 by author, Naomi Shihab Nye.

p.110 Billy Collins, "The Lesson" from *The Apple that Astonished Paris*. Copyright © 1988 by Billy Collins. Reprinted with the permission of University of Arkansas Press, www.uapress.com

p.118 Galway Kinnell, "Hide-and-Seek, 1933" from "Strong Is Your Hold," originally published by Houghton Mifflin Company in 2006. Copyright © 2006 by Galway Kinnell. Japanese language translation license granted by Houghton Mifflin Harcourt Publishing, New York through Tuttle-Mori Agency, Inc., Tokyo.

p.120 Nikki Giovanni, "The Girls in the Circle." From QUILTING THE BLACK-EYED PEA. Copyright © 2002 by Nikki Giovanni. All rights reserved. Reprinted by arrangement with HarperCollins Publishers.

p.123 Yusef Komunyakaa, "Slam, Dunk, & Hook" from *Pleasure Dome* © 2001 by Yusef Komunyakaa. Reprinted by permission of Wesleyan University Press.

p.124 Linda Sue Park, "Defender" from "Tap Dancing on the Roof: Sijo Poems." Originally published by Clarion Books in 2007. Copyright © 2007 by Linda Sue Park. Japanese language translation license granted by Curtis Brown, Ltd., New York through Tuttle-Mori Agency, Inc., Tokyo.

p.125 Nikki Grimes, "Zuri at Bat." Copyright © 2002 by Nikki Grimes.

p.136 Archilochos, "Will, lost in a sea of trouble" from *Poems from the Greek Anthology : Expanded Edition*, translated by Kenneth Rexroth (Ann Arbor : The University of Michigan Press, 1999). Copyright © 1962 by Kenneth Rexroth.

p.147 Vladimir Nabokov, "When he was small, when he would fall." Copyright © Vladimir Nabokov, 1943, used by permission of The Wylie Agency (UK) Limited.

p.152 Seamus Heaney, "Human beings suffer" from *The Cure at Troy : A Version of Sophocles' Philoctetes*. Copyright © 1991 by Seamus Heaney.

p.159 Amiri Baraka, "Ballad of the Morning Streets." Copyright © by the Estate of Amiri Baraka. Japanese language translation license granted by Chris Calhoun Agency, New York through Tuttle-Mori Agency, Inc., Tokyo.

何年もかかったこのプロジェクトに献身的に取り組んでくれたジョン・ミュースに感謝したい。すばらしい挿画が、それぞれの詩に意味や深みを与え、新鮮な目でとらえ直すことをうながしてくれた。この本の可能性を信じ、美しく仕上げてくれたグレッチェン・ヤングに拍手を。また、出版を可能にしてくれたハイペリオン・ブックスの面々、特にローテム・モスコビッチ、アビー・レンジャー、タニヤ・ロス=ヒューズ、ステファニー・ルリーにも感謝したい。数々の詩を暗記しているエスター・ニューバーグにも拍手。ローレン・リパニとサリー・マッカーティンも大いに助けてくれた。そして、詩の選定を手伝ってくれたドリームヤード・プレップの若き詩人たち、特にデニース・コットとデスティニー・キャンベルに感謝したい。また、詩を生きたものとして教育にとり入れ、ブロンクスの多くの才能あふれる生徒たちに詩を教えているすばらしい教師たち、エレン・ヘイガンとルネ・ワトソンにも感謝を。

――――――キャロライン・ケネディ

アレン・スピーゲル、アビー・レンジャー、サイラス・レンジャー・ライオン、ローテム・モスコビッチ、タニヤ・ロス=ヒューズ、ジョアン・ヒル、ステファニー・ルリー、そしてハイペリオン・ブックスのみなさんに感謝したい。それから、はかりしれない忍耐で支えてくれる、美しくて完璧な妻のボニーに。

――――――ジョン・J・ミュース

キャロライン・ケネディが選《えら》ぶ
「心《こころ》に咲《さ》く名《めい》詩《し》115」

2014年6月20日　初版印刷
2014年6月25日　初版発行

編者
キャロライン・ケネディ

訳者
柳《やな》瀬《せ》尚《なお》紀《き》

発行者
早川　浩

印刷所
株式会社精興社

製本所
大口製本印刷株式会社

発行所
株式会社　早川書房
東京都千代田区神田多町2-2
電話　03-3252-3111（大代表）　振替　00160-3-47799
http://www.hayakawa-online.co.jp

定価はカバーに表示してあります
ISBN978-4-15-209465-0　C0098
Printed and bound in Japan

乱丁・落丁本は小社制作部宛お送り下さい。送料小社負担にてお取りかえいたします。